月の人魚姫

榎木洋子

12162

角川ビーンズ文庫

月の人魚姫

目次

主な登場人物紹介

ヴィンセント
惑星の重要人物の息子であり、
イルのことを気に入っている。
常に黒ずくめの服装。
キース
イルの叔父さん。
海の民でありながら、宇宙飛行士
になった、イルの憧れの人。

エアリオル
陸の民の王子。20歳。頭も顔も良く、
人格者と慕われているが、本当は……？
イル
海の民、海王の末っ子。
容姿端麗だが、性格は悪ガキ。
宇宙飛行士に憧れている。

イラスト／RAMI

第1章　嵐《あらし》

「てって……てめえ……」

イルはグーに握《にぎ》った拳《こぶし》を、すんでの所で平手に変えた。

目の前にいるのは、海で溺《おぼ》れて死にかけていたのをわざわざ助けてやった男だ。

グーで殴《なぐ》ったら、その苦労がだいなしになるかもしれないと思った。

しかし、グーからパーに変えても、殴る決意は変わらなかった。


「よっく見やがれっ！　オレはっ、女じゃねえええっっっ！！！」


平手の音がパチーンと鋭《するど》くなったあと、イルの罵声《ばせい》が響《ひび》いた。

結婚《けっこん》を申し込んできた相手への率直な返答だった。

――ことの起こりは、一時間ほど前になる。

風が唸《うな》りをあげていた。

叩《たた》きつける雨に負けじと、波が大きくうねる。

その波頭を風が切り取り、白い飛沫《しぶき》がすごい勢いでとんでいく。

海は嵐のまっただ中だった。

稲光《いなびかり》が空を走った。

一瞬《いっしゅん》の閃光《せんこう》が、暗い海とマストの折れた船を照らした。

まるで首をもたげる途中の海竜《かいりゅう》のように見えた。

同時にイルの目は海に投げ出された黄金の束も見つけた。

波間に浮《う》き沈《しず》みしているのは自分と同じような金髪《きんぱつ》の若い男だ。

だがいっかな泳ぎだそうとはしない。

イルはそこへむかって勢いよく泳ぎはじめた。

相手が船から落下したショックで気を失っていると気付いたからだ。

その上救命胴衣《どうい》が役に立っていないらしい。青年はどんどん沈み始めている。

風が波をはね、痛いほど頬《ほお》を打った。

イルは水面の波を避《さ》けて海の中に潜《もぐ》った。

口から最後の空気を吐《は》き出し、それが耳元をゴボゴボと通り過ぎていくと、あとは上とは比べものにならないほどの静寂《せいじゃく》に包まれる。

世界が変わったのだ。

むろん海中でも波の力はすさまじいが、それは生まれたときから知っている力だった。どう身体《からだ》をひねり、やりすごせばいいのか熟知している。華奢《きゃしゃ》な体つきのイルだが、なにも怖《おそ》れることはなかった。

もともとイルは嵐の海が好きなのだ。

海の民——別名『人魚』と呼ばれるイルたちは、遠い昔、地球からこの惑星《わくせい》セブン・シーに移住し、海を住処《すみか》と選んだ人間たちの末裔《まつえい》だった。

身体を海に適合するように変えて、すでに十世代以上の時がたっている。

だからイルにとっては荒々《あらあら》しく暗い海も、陸に比べればずっと親しみの持てる相手だった。

酸素摂取《せっしゅ》を空気から水に切り替《か》えて、イルは水中で目を凝《こ》らした。

もちろんこの目も裸眼《らがん》ではなくて、水に入った途端《とたん》、透明《とうめい》の薄《うす》い瞼《まぶた》のようなものでおおわれる。水の中でも空気越《ご》しと同じようにものを見るためだ。

(どこだ?…………いた!)

イルは暗くにごった水の中で沈みゆく金髪の青年を特有の感覚で見付けた。

海のうねりを味方にして近付き、手をつかんだ。

そのまま水中を少し泳ぎ、男が自分とは違《ちが》うことを思い出して上を目指す。

「——ぷはっ」

水面に顔をだすと、再び嵐の轟音《ごうおん》が鼓膜《こまく》を打った。

肺呼吸に切り替えて口を開くと、雨と波しぶきが入りこむ。

潜っていた方が楽なのは分かりきったことだが、それでは助けた男が死んでしまう。

かれは難破した船に残り、水面に叩きつけられる瞬間《しゅんかん》まで避難《ひなん》の指揮をとっていたのだ。

そういう人間が死ぬのは嫌《いや》だった。

「おい、大丈夫《だいじょうぶ》か？」

立ち泳ぎで相手を支え、息を確認してから頰をペタペタと叩く。

青年のオレンジの救命胴衣は背中が大きく裂《さ》けていた。怪我《けが》をしているのかと思ったが、まさぐった手に血は付いてこなかった。もちろん小さな切り傷はしているようだったが。

そうこうするうちにかすかな呻《うめ》き声があがり、相手は目を開けた。

目の前にイルを見つけて、驚《おどろ》いたように叫《さけ》ぶ。

「きみは……」

口を開いたところへ波がきて、相手は海水を飲み込み激しく咳《せ》き込んだ。その拍子《ひょうし》にまた沈み込み、イルはもう一度潜って男の腕《うで》をつかんで引き上げた。

「す、すまない……」

《また水を飲む。いいからもう喋《しゃべ》るな！》

イルはとっさに思念波を使い、相手が陸の人間なのを思い出した。

「口、閉じて。陸まで送る」

相手はうなずくと一、二度水をかく仕草をしたが、すぐまたぐったりとなった。気絶したのだ。

イルは気付かせようとして思い直した。

連れて泳ぐには力の抜《ぬ》けたこの状態の方がいい。

青年を抱《だ》きかかえ、イルは力強く泳ぎだした。同時にもう一つの耳をすます。

先ほど応援《おうえん》を頼《たの》んだ仲間はどうしたのだろう。

自分以外にも嵐の海を好む連中が必ず近くにいるはずなのだ。

海の民は発声による意思伝達のほかにもう一つテレパシーとも呼べる能力がある。

この能力は強弱の差こそあれ、この惑星セブン・シーの海に住むほ乳類全般《ぜんぱん》に備わっているもので、イルたちの先祖は惑星に入植以来研究を続け、世代毎《ごと》により強化した能力を備えるようになった。水中にかぎってのことだが、今では大昔のように耳や口元に機械を付けることなくスムーズに意思疎通《そつう》が出来るようになっている。難点が幾《いく》つかあるが、海で会話をする目的は十二分に果たせている。

と、イルはとてつもなく大きな生き物の気配を感じた。水中をチリチリと伝わってくる独特の思念波で分かるのだ。青年を抱えたまま一瞬だけ海に潜る。

（海竜――――！）

セブン・シー最大のほ乳類が嵐の波の中をゆったりとイルに併走《へいそう》するように泳いでいた。向こうはもちろんイルに気付いている。数秒、イルは嵐も腕の中の人間のこともすべて忘れた。

《……船を見付けたよ、イル様……救助に回る》

突然、水の中に仲間の思念波を感じた。ようやくほかの海の民が来たのだ。同時に救助活動中なのを思い出して海面に顔を出す。

仲間と連絡を取り合い、ホッとした。通信機を持っている者がいたので、海の宮殿へ連絡をすることも頼む。思念波だけではさすがに宮殿までは届かないのだ。

イルはふたたび海上を陸目指して泳いだ。高い波が絶え間なく襲《おそ》う。泳ぐイルを高く持ちあげ、また下ろしていく。まるで滑《すべ》り台のようだ。本当はそこで上下しているだけなのだが。

この激しい揺《ゆ》さぶりは、海の民でも苦手に感じるものがいる。特に大人《おとな》の女たちに多い。その手の連中は今日のような日は間違《まちが》いなく海底宮殿に引きこもっているだろう。

だがイルは海の滑り台が大好きだった。背中がぞくぞくして、身体中の血が沸《わ》きたつ感じがする。

それを楽しみながらも、高い波の頂上に来ると必ず周りを見回した。何艘《そう》かの救命ボートを見つけたが、追いかけられる距離《きょり》にはなかったし、間違った方角にすすむ物もあった。

(あっちは後回しだな。気がついたらだれか仲間がいくだろ。とりあえずは――――)

この青年を陸に届けることが先だった。

抱きかかえた青年の重さは苦にならなかったが、男の顔が水面に出ているようにするのは大変だった。

しばらく泳いでいるとイルは波間にぼうっと光るものを見つけた。

オレンジの夜光塗料《とりょう》の塗《ぬ》られた救命胴衣だ。

浮き輪代わりのボードにしがみついている男は、イルに気付くと助けようと手を伸《の》ばしてきた。船にいた人間と間違えているのだ。

「こっちだ。がんばれ！」

だがイルの腕にかかえられた男を見てあっと叫んだ。

「エアリオル様！」

イルは顔をしかめた。

「空気《エア》が、なんだって？　聞き取れなかった。もう少しゆっくり喋って」

「エアリオル様だ。知っていて助けたのではないのか。うん？　あなたはどちらのご令嬢《れいじょう》――いや、海の民か？」

相手は改めてイルを見て、やっと陸の民ではなく海の民であることに気付いたらしかった。

海も陸も、同じ言語を使っているが、やはり微妙《びみょう》に違いがある。

陸の男は嵐《あらし》の中でもはっきりと分かるように叫んだ。

「その方は生きているのだろうな、人魚の方」

「もちろん生きてる。でなきゃ苦労して助けない」

何を分かり切ったことを、とイルは思ったが、相手の険しい顔がみるみる和《やわ》らいでいくのを見て言葉を呑《の》み込んだ。

「よかった。大切な方なのだ。……空気ではなく、エアリオルはその方の名だ。ありがとう。陸の民を代表して礼を言う」

男はこんな状態だというのにずいぶん改まって礼を言い、自分のつかまったボードをイルとまだ気を失っているエアリオルに差し出そうとした。

イルは和《なご》んだ目で笑って断った。

「そんなのいらない。おじさんがつかまってて。ほかの連中にも連絡したから、待ってれば拾ってくれる」

「ほかの海の民のことか？　かたじけない。では救助が来るまで、エアリオル様をこのボードに……」

「なんで？　陸まで二キロぐらいだから、このまま連れてくよ」

「ならば私も一緒《いっしょ》に行く。陸はどちらの方角だ？」

イルはきょとんとした。最初、男が冗談《じょうだん》を言っているのかと思った。

陸の方角が分からないなんてあるのだろうか？

だが男が真顔なのを見て、本当に分からないのだと知る。

（ああ、そっか。海の民と陸の民じゃ、こんなことも違うんだ……）

それにしてもなあと思う。

陸がどちらかも分からずに海に出るなど信じられなかった。船から下りるときに方角を確認しなかったのだろうか。あまりに不用心すぎる。

「バカじゃねえの」と言いたいところだったが相手は要救助者だ。しかもわりと礼儀《れいぎ》正しい。気持ちをなだめてイルは親切に教えた。

「……陸はあっち。悪いけどおじさん待ってたら遅《おそ》くなるから先に行くけど、ついてくるんだったら風を左に受けて泳ぐんだ。そのうち入江《いりえ》が見えてくる。入江に入ったら風が少しゆるむ。そうしたら正面に風を受けるようにして泳ぐと砂浜《すなはま》が近い」

「あ、待ってくれ。私は必ず後から行くから、私が着くまでその方のそばを離《はな》れないでいてほしい」

「なんで？　まだ助けを待ってる人がいるかもしれないから、すぐに引き返すよ。一人でも多く助けた方がいいんじゃないの？」

「むむ……その通りだ。では仕方ない。先にボートで脱出《だっしゅつ》した中のレプトン博士《はかせ》にその方をあずけてくれ。ほかの者には渡《わた》さないでくれ」

変なことを言うなと思ったがイルはうなずいた。

「わかったよ。で、おじさんの名前は？」

「フォート・メイスンだ」

イルはもう一度うなずき、男に先立って陸へと泳ぎだした。

高波と風のせいでいつものようには進まなかったが、それでも半時間ほどで入江に着くことが出来た。

砂浜にはすでにいくつかのテント型救命ボートがたどり着いている。

イルは波が膝下《ひざした》になるギリギリまで泳ぎ、青年を支えて身体《からだ》を起こした。

さすがに陸の重力下ではそれ以上重くて運べなかった。

「おーい、だれか手を貸してくれ」

風に負けないように大声で叫《さけ》ぶと、すぐにわらわらと人がやってきた。

「大丈夫《だいじょうぶ》かきみ」

「オレはいいから、こっち。こっちの……えーとエアリオルを頼む」

「エアリオル様ですって？」

女の悲鳴があがった。

聞きつけて走ってくる人間が倍になる。

「わーっ、ちょっと待った。レプトン博士っている？」

一斉《いっせい》に囲んで手を貸そうとする人間たちを牽制《けんせい》するように手を振《ふ》り、イルは叫んだ。

「ここにおるよ。きみはだれじゃ？」

集まった人間をかき分け、頭のはげた気のよさそうな老人が顔を出した。

「よかった。フォート・メイスンって人から頼まれたんだ。この人をあずけてくれって」

「おお、フォート君は生きているのか？」

イルからぐったりした身体を受け取り、レプトン博士は聞いた。

「うん。今頃《いまごろ》こっちに泳いできてる。今から迎《むか》えに行ってくる」

言うなり、イルはまた海に身を躍《おど》らせた。

「ところできみは一体？」

「イル。通りすがりの海の者――！」

ふり向きざま叫んで、イルはすぐに波間に姿を消した。

入江から出て海に入ると、大勢の仲間たちが集まってきているのが分かった。

思念波があちこちから聞こえる。

《イルだ。だれかフォート・メイスンって助けた？》

《わあ、イル様だ！　オレたち今迷ってた五人乗りボート助けてるよ》

《ボートがなんだよ。こっちは溺《おぼ》れてるやつ三人拾ったぜ》

仲間たちの思念波が錯綜《さくそう》する。予想していたとおり子供たちばかりだ。まあわざわざ嵐の中に好んででかける物好きは子供に多いから仕方ない。

《こら、人助けは遊びじゃないぞ。で、フォート助けたやつは？》
《オレー！　今名前聞いたらそうだって。イル様、こいつ助けなくてもいい奴《やつ》？》
《バカ。助けるべき奴だよ。伝えてくれ、エアリオルはちゃんとレプトン博士にあずけたって》
《了解《りょうかい》！》
イルは一安心し、一人で二人助けて泳いでいる仲間の方へむかった。
その人間を助けて仲間と一緒に入江に戻《もど》ると、入れ違《ちが》いに海に入ろうとしていた仲間の一人がイルを捜《さが》している人がいると伝えてきた。
だれだろうと首をひねりながら言われた場所へ行く。風を避《さ》けるように岩陰《いわかげ》に置かれた救助ボートの前だ。
風は相変わらず強かったが、雨足はずい分和らいでいた。出がけに見てきた気象図どおりなら、夜明け前には風も止《や》むだろう。一番酷《ひど》いときに船は難破したのだ。
テント型の救命ボートは今は簡易病室になっていた。重傷人が中に寝《ね》かされている。比較《ひかく》的元気な人間たちは忙《いそが》しくテント間を動き回っている。その中を、イルはきょろきょろと辺りを見回しながら歩いた。
「イル、こちらだ！」
「ああ、おじさん」
呼び止めたのは自力で半分まで泳いできたフォート・メイスンだった。

「よかった、無事だったんだ。捜してたっておじさんが？」

「いや、エアリオル様だ。どうしても直接礼を言いたいと申されてな」

案内されたのは救命ボートの一つだった。

テントの入口をくぐると、中央にまだすこし血の気の悪い青年が座っていた。ほかにレプトン博士と知らない顔二人がいる。どちらも強面《こわもて》だ。

だがイルは強面二人よりも真ん中でじっとこちらを見ている青年の方の眼差《まなざ》しに落ち着かなくなった。割合優しい顔をしているのに、目だけが違う。なんとなく居心地が悪くなってくるような見つめ方をするのだ。

「あ——あれ、腕怪我《うでけが》してたのか」

イルは視線をずらし、青年の腕に包帯が巻かれているのに気付いた。

「ごめん、泳いでいるとき気付かなかった。途中《とちゅう》で打ったりしなかったか？」

するとやっと青年は目元を優しく和《なご》ませた。

「いえ、これは治りかけの傷が開いただけです。大丈夫。——改めて名乗ります。私はエアリオルといいます。助けていただいて本当にありがとうございました。心より感謝を申し上げます」

「別に……当たり前のことだから。いいよ。……全員、助かったのか？」

「まだ正確な確認は取っていませんが、乗船していた九割の者はこの砂浜にたどり着きました。

それもこれもあなた方海の民に救助していただいたおかげです」

「そうか、残りも全員無事だといいね。直接助けた相手が元気でよかったよ、エアリオル。

……それじゃ――」

ほかに言うことも見付からず、イルはきびすを返そうとした。

その手をエアリオルがすばやくつかんだ。

「待って下さい。お願いがあります！」

せっぱ詰《つ》まった声にイルは驚《おどろ》いた。

振り向くと、手をつかんだエアリオルは怖《こわ》いほど真剣《しんけん》な顔をしていた。

「な、なに……」

たじたじとなるイルに相手はこう言った。

「あなたに結婚《けっこん》を申し込みます。どうか私の妻になって下さい！」

数秒間の沈黙《ちんもく》の後。

「てってっ……てめえ……」

イルは力の限りの平手をエアリオルに喰《く》らわせた。

「よっく見やがれっ！　オレはっ、女じゃねええええっっっ！！」

顔を真《ま》っ赤《か》にして怒鳴《どな》った。

海の民のイルは十七歳。

成人し、性別選択《せんたく》の時期を迎えるまで、あと三年もの期間を持つ性別未分化の子供だった。

しかも当人は男になることを切望している子供だった――。

＊

＊

「あーもう。あームカツク！」

イルは海の宮殿《きゅうでん》都市マカリゼインに戻ってきた。

罵倒《ばとう》の言葉を繰《く》り返し床《ゆか》を蹴《け》りながら、自室へむかう。

マカリゼインとは祝福を意味する地球の言葉だ。

海底二百メートルの大陸棚《だな》に設けられた都市が宮殿と呼ばれるのは、幾重《いくえ》もの空気ドームに覆《おお》われた都市の形が優美で宮殿のように見えることと、ここに海の民を統《す》べる国王が住まうからにほかならなかった。

そしてイルは海の民を統べる海王の七人の子のうちの末子だった。

「おかえりイル」

自室へむかう廊下《ろうか》を曲がると部屋《へや》の前に人が待っていた。

「あーヴィン！」

イルは黒ずくめの青年に走りよった。

「悪い、待たせた？」

「いいや、嵐《あらし》が退《ひ》けたからそろそろ帰る頃《ころ》だと思って来ただけだよ。どうしたんだい。おかんむりじゃないか」

「おう。聞いてくれよ。ひでーのなんのって」

自室のドアを開けてイルは相手を招き入れた。

イルの部屋は王族にしては簡素な家具がならんでいた。昔はアンティークでデコラティブな家具が占《し》めていたが、イルが嫌《きら》ってすべて機能的なデザインに模様替《が》えさせたのだ。イルの世話をするばあやなどは、ことあるごとに「宇宙船のように味気ない」と嘆《なげ》くが、イルは大いに満足している。なにしろその宇宙船を目指してコーディネートしたのだ。

「そこどうぞ。なんかお茶飲む？」

ヴィンセントにソファをすすめてイルは聞いた。

「いいや。でもイルは飲むと良いよ。身体《からだ》が冷えているだろう？」

「そうでもないよ。……んじゃあこっちか」

イルはニッと笑って戸棚から酒瓶《さかびん》を出してみせた。

ヴィンセントの顔も嬉《うれ》しそうにほころぶ。底なしの飲んべえなのだ。

イルは酒瓶とグラス二つを持ち、テーブルに持ってきた。

黒ずくめのヴィンセントは、五百光年先の太陽系にある惑星《わくせい》ツーファの第一期入植者の子孫だった。

惑星の重要人物の息子《むすこ》で、半年ほど前から賓客《ひんきゃく》としてマカリゼインに滞在《たいざい》している。陸におらずにわざわざ海にいるのは、イルたち海の民がセブン・シーの第一期入植者で、いろいろと親近感を持つためらしかった。

「それでひどいって、上の嵐が？」

「や、それはいーんだ。オレ嵐は好きだもん。問題はどっかの陸のバカが船出しててさ。それが懐古《かいこ》主義の帆船《はんせん》でさー。しかも見事に難破して……あーもう」

イルは上での出来事を逐一《ちくいち》話して聞かせた。

「え……。イルにプロポーズ？　相手は男なんだろう？」

「そっ。なめやがって、なんなのあれ。頭が変なんじゃん？」

「まあ、変とまでは………イルの外見はそれだしね」

「ああ？　何か言ったか？」

いきなり剣呑《けんのん》になったイルの目つきに、ヴィンセントは「いいや、なんでも」と、そつなく口を噤《つぐ》んだ。

嵐の海でフォート・メイスンが「令嬢《れいじょう》」と言ったとおり、イルの外見は美少女そのものだった。

母親の美貌《びぼう》の血をもっとも濃《こ》く受け継《つ》いでいると周りに言われている。そのため、イルは女性になることが当然のように周りから思われていた。

特に父親の現海王が強く望んでいた。

「……そりゃさー、オレはオフクロ似だよ。そんで七人の子供のうち、女性を選んだのは三番目の姉上ただ一人だよ。その姉上もさー遠い西の果ての海へ嫁《よめ》にいっちまったさ。親父《おやじ》様が寂《さび》しがるのは分かる。『女の子をもう一人手元においときたい』って言うのも分かる。けどよ、だからって子供の意志を無視するのはダメだろ。オレの希望もおかまいなしにドレスを着せ続けやがってさ」

酒のグラスを傾《かたむ》けながらグチグチと言う。

少し酔《よ》っぱらっているらしい。

ヴィンセントはこの話を聞くのは何回目だったかなと思いながら相づちをうった。

イルたち海の民の最大の特徴《とくちょう》は、この「成人前の雌雄《しゆう》の無決定」だった。

二十歳の成人を迎《むか》えるまでは性別を持たないのだ。成人の儀式《ぎしき》のときに自分の望みの性を選び、宣言する。その後ホルモンを受け、変化していくのだ。

だが実際は、やはり外見と性格で決まりがちだった。小さい頃からこの子は女になるべきだとか、男になるべきだとか、周りから言われ、本人も大概《たいがい》その気になってしまうのだ。

そのため、陸の人間がよく言う、人魚の女性はみな美しく気立てがよくて控《ひか》え目だという話は、実は逆だ。そういった特色をもった子供が、女性を選ぶだけのことなのだ。

イルの場合は、顔立ちや父親の思惑《おもわく》も入り、ピンクやら赤やらの女色の服を着せて、長いことお姫《ひめ》さま扱《あつか》いをされていた。

「まー最初はオレもね、違和《いわ》感なかったよ。けどさ、いわゆる女の子になりたい子供たちと遊ぶより、男になりたい子供たちと遊ぶほうが断然面白《おもしろ》いって分かっちゃったんだよなあ」

「うんうん。そのうえに八歳の誕生日のことだろ?」

「そーそー。キース叔父《おじ》さん。人魚を捨てて宇宙飛行士になった、オレの自慢《じまん》のカッコイイ叔父さん。ビシーッと決まったスペースジャケット着てさ、冒険一杯《ぼうけんいっぱい》の宇宙の話を聞いてさ、オレは思ったんだよね、これぞ目指すべきオレの道ってさ!」

頬《ほお》を上気させ、うっとりと夢見がちにイルは話した。

「オレは男になる。それで叔父さんみたいに宇宙へ行って、海の中より身体が軽くなる無重力ってやつを試してやるんだ。いいよなー。スゴイだろうなー」

この宣言にイルの父親は渋《しぶ》い顔で十秒間唸《うな》り続けた。

だが、性別選択の自由は海の民の生まれたときからの不文律だ。

あからさまに反対することも出来ず、かといってにこやかに承諾《しょうだく》することも出来ず、結局問題を先送りにした。イルが二十歳の時にもう一度選択《せんたく》を訊《たず》ねると言って。

「それでイル、きみにプロポーズした相手はだれなんだい？」

「名前なんだっけ。えーとあれだよ。空気の……エアリオルだ」

「エアリオル……！」

つぶやいて、ヴィンセントはクスクスと笑った。

「なるほど。それは楽しくなりそうだ」

「んん？　何だよ。だれだか知ってんの？」

「フフフ……そのうち分かるよ」

イルはケッとソファから立ち上がった。赤い顔でヴィンセントの胸の辺りを指さす。

「ヴィンのその秘密主義、つきあってらんねー。よくないぞ、それ。あっそうだ借りてた映画ソフト返すよ。つまんなかったぞ」

スクリーンの近くに行って壁《かべ》に埋《う》め込まれたクローゼットを開けると問題のソフトを取り出して放った。

「えっ、ジャン・コクトーの美女と野獣《やじゅう》はだめかい？」

「うん。退屈《たいくつ》」

イルはにべもなく答えた。

「これならまだ前借りたドラキュラのが面白かった。あっちは派手《はで》な見せ場もあるし。喉《のど》にガブーっとか、胸に杭《くい》をガツン！　とか」

「いやあれは単なる流血シーンじゃなくて……。まあ、いいか」

「ヴィン、映画見てやっと気付いたけど、その自虐《じぎやく》的な格好やめたら？　ヴィンが黒マント着てるのって悪趣味《あくしゆみ》じゃんか」

「これは私なりの美学なんだよイル」

「でもそれで星追い出されたんだろ。爵位《しやくい》とかも取り上げられて」

「爵位は進んで妹に譲《ゆず》ったよ。星を出たのは……イル、果てしなく広がる宇宙への私のロマンだよ。この宇宙には幾万もの心震《ふる》える美しいものが存在するんだ。それを見ずして何のための人生だい？」

「――あーはいはいはい。酒、もっといる？」

「…………」

ヴィンセントは黙《だま》ってグラスを差し出した。

「で、オレばっかくっちゃべってて悪かったけど、ヴィンはオレになんか用だったんじゃないの？」

ヴィンセントはまたもや黙って懐《ふところ》から映画のソフトを取り出した。

テーブルの上にずらりと六枚のディスクを並べる。

題名には『スター・ウォーズ』と記されている。

「……見るか？」

聞かれて、イルは満面の笑顔でコクコクとうなずいた。


コンコンコン………。コンコンコン………。

しつこくしつこく、扉《とびら》が叩《たた》かれていた。

ポーンポーンと軽やかに響《ひび》く音は扉の外の呼び鈴《りん》だ。これも何度も押《お》されていた。

そのうち、トゥルル………と室内電話まで鳴り出した。

どれくらい続いたか分からない頃《ころ》、イルはやっと目を覚ました。

映画鑑賞《かんしょう》は徹夜《てつや》で行われ、結局見終わる前にソファで眠《ねむ》ってしまったのだ。

「あイテテ、身体《からだ》が固まってる……。えーと……」

電話とドアフォンと扉が同時に鳴っていた。

どれに出ようかと迷い、イルは最終的に電話を選んだ。

一番近かったからだ。のたのたと近づき、受話器を取る。

「ふぁい……だれ？」

「おはようございます、イル様。陛下が重要なお話があるそうです」

父親付きの側近の落ち着いた声がした。

「んーあー」

まぬけた返事をし、イルは髪《かみ》を掻《か》きあげて待った。

カチリと切り替《か》えの音がするやいなや、海王の大声が響いた。

「イル！　おまえ、昨日何があったんじゃっ！」

「うわ、うるせ……何？　何がなにッ？」

「おまえ、陸の王子からプ、プロポーズされとるぞ！」

「はあ？」

「はあ、じゃない。陸のエアリオル王子が、是非《ぜひ》ともおまえを嫁に欲しいと、今朝《けさ》正式に申し込んできたんじゃっ！」

「なっなっなっなあにぃ〜〜〜〜〜！　エアリオル王子だぁ？」

イルは素《す》っ頓狂《とんきょう》な声を上げた。

となりでようやく起きたヴィンセントは、イルの反応から何が起きたのか察し、一人楽しそうに笑っていた。

第２章　舞踏会《ぶとうかい》

なんで、こーなっちまったんだかな……。

イルは苦虫をかみつぶしたような顔で額をおさえた。

「あら、いけませんよイル様。まっすぐ立ってらして下さい」

侍女《じじょ》の一人が楽しげに言い、強引にイルの手を戻《もど》した。成人した彼女らは女であっても成人前のイルより一回り以上体格がよく、イルの手は簡単に抑《おさ》え込まれてしまう。

「ねえ、いつまで続くんだよこれ。もう充分だろ」

「ダメですよ」

身支度を手伝う別の侍女が答える。

「この後は根気よーくとかしたイル様のはちみつ色の髪に、メイアー様から頂いた一〇〇本の真珠《しんじゅ》付きのピンを飾《かざ》るんですから」

「ひゃ、ひゃっぽんも〜〜〜？」

イルはげげっと嘆《なげ》いた。

「ねーねーそのピン、五十本にまかんないかな」

「まかりません」

今度は幼いときからイルのそばに仕えるばあやが言った。

「んーあー七十五本!」

「デザイン画がございますから」

ばあやはぴしゃりと言ってイルに髪型の描《えが》かれた紙を渡《わた》した。

一度美しく結いあげられた髪が頂点でほどかれて滝《たき》のように背中に流れる髪型だ。真珠のピンは模様を作るように髪全体にちりばめられている。イルのうなじの細さも、美しい豊かな髪も十分に映《は》える見事なデザインだった。

それ自体は美しいと認めたが、イルは書き込まれた字に見覚えがあることに気付いた。

「……だれが描《か》いたの、これ」

「ヴィンセント様ですよ。あの方は本当に芸術の才能に秀《ひい》でていらっしゃいますわ」

「やーっぱり……」

イルはがくっと頭を落とした。

正面の鏡には、この日のために急いであつらえられた目眩《めまい》がするほどきれいな衣装を着た、目眩がするほどとびっきりの美少女が、目を合わせてはマズイと思うようなとびっきりすわった目つきで映っていた。

今日、海の宮殿《きゅうでん》マカリゼインは、陸の王子たち一行の訪問を受けるのだった。

先日の嵐《あらし》のおり自分も含《ふく》めた大勢の陸の民が助けられたことへ感激し、王子自らが救助に当たった海の民に直接礼を述べたいとやってくるのだ。

と、いうのは表向きの理由で、ほんとうは嵐の夜に海王の末っ子を見初《みそ》めた王子が、イルへプロポーズするためにやってくることを、すでにマカリゼインの住人のほとんどが知っていた。

徹夜で映画鑑賞をした朝、父親から寝耳《ねみみ》に水の話を聞き、イルはその足で両親の元へ駆《か》けつけた。

海王と王妃《おうひ》は家族用の居間でにこにことイルを迎《むか》えた。

「おお！　イルや。おまえとうとう女性になる決心をしたのだな」

手放しで喜ぶ父親に、イルは憤然《ふんぜん》と近寄り、耳元で大声で怒鳴《どな》ってやった。

「オレはそんな決意した覚えはねえ――――っ！」

海王は耳を塞《ふさ》いで怒鳴り返した。

「そんな大声で言わんでも聞こえとる――――！」

「あーそーかい！　そんじゃさっきのアホ電話は、さっさと断っとけよ――――っ！」

「そうはいくかっ！　正式な申し込みじゃ――――！」

似たもの親子だった。

耳を塞ぎながらの怒鳴りあいは、涼《すず》しい顔の王妃が二人の間で扇《おうぎ》を広げ、パフッとイルの顔を押《お》さえるまで続いた。

「んーんー！」

「オルレイオス、あなたも、その辺にしておきませんと、また血圧が上がりましてよ」

もがくイルには目もくれずに王妃アレキサンドラは言った。オルレイオスは海王の名だが、王妃以外は滅多《めった》に呼ぶことはない。

黙《だま》った二人の男ににっこりと笑い、王妃は言った。

「一応かいつまんだ話は聞きましたけれど、イル、わたくしあなたの口から聞きたいわ。昨日何があったのですか？　近づくなと言われていた嵐の区域で」

「そ、それは――ですね。母上……」

父親と話しているときとは口調さえ変えて、イルは嵐の晩の出来事を話した。

その間にお茶が運ばれ、王妃手ずからカップに二杯《はい》ついだ。海王はその紅茶にブランデーを垂らして飲み、イルはミルクと砂糖を入れて飲んだ。

「だから、確かにエアリオルって人は助けたけど、オレ、あの人が陸の王子だなんて知らなかったし、第一、その場で断ったんだ。オレは女じゃないって……。それにオレやっと十七だよ。性別確定まで三年もあるのに、結婚《けっこん》話なんて早すぎるよ。姉上の時だって二十五だったじゃないか」

「だがな、イルや。陸の王子がどうしてもと望まれておるのじゃ。王子はな、嵐の晩より前におまえのことを知っていたそうだ」

「ええ？　どこで。オレ会ったことないよ」

「あの難破した船は三日前に処女航海に出てな、その船上パーティの夕暮れ、甲板《かんぱん》にでられた王子はおまえが波間に遊ぶのを見たのだそうじゃ。一目でそのう……愛情をおぼえられ、後になって嵐の海でおまえに助けられたと知り、一層の感謝と愛情を持ったといっておられた」

「三日前……あー、確かにあの帆船《はんせん》を近くまで見に行ったっけ。なんかきらきらしてて、楽しそうだったから。……じゃああの船、出来て三日で沈《しず》んだんだ。もったいねー。けっこうかっこよかったのになあ」

海王はゴホン、と咳払《せきばら》いした。

「そうではなくて、イル。よいか、陸の王子は海に聞こえるほどの剣豪《けんごう》で、そのうえ美男子ときている。歳も二十と合うし。おまえも海で助けたのだからまんざらでもあるまい」

「あのね父上」

「あらあなた。それはあんまりな言い方ですわね」

イルにかぶさるように王妃が口をはさんだ。イルは援護《えんご》してもらえるぞと期待した。

「あなたの言い種《ぐさ》ではまるで、若い娘《むすめ》は美男な王子さまと聞けば、すぐにも恋《こい》するものと言わんばかりですよ。女性に対するはなはだしい偏見《へんけん》ですわね。そうでしょイル」

イルはガクリと首を落とした。論点が全然違《ちが》うと思った。

（……母上、その前にオレは娘じゃねえってば……）

「父上。美男、美男っていうけど、オレ、王子の顔なんてろくろく覚えてないよ？　てゆうか、はっきり言って腹が立ったから忘れた。第一さ、なんで嵐の夜に海に出てくるの？　不用心で頭変じゃん？　海を軽くみられてるみたいですげぇ腹立つ。しかも自分の身を危険にさらして。そんなの王族としてどうかと思うんだけど。父上や母上はそういう相手にオレを嫁《よめ》に出したいわけ？」

　すると海王と王妃は顔を見合わせた。

　イルを向いて何か言おうとする王妃を、海王が頭を振《ふ》ってやめさせる。

「とにかくじゃ、イル。もう一度、会うだけでもな。王子は救助された陸の民の代表として十日後にこのマカリゼインに来る。直接助けてくれた海の民に礼を述べたいとおっしゃってな。おまえ、それまで拒否《きょひ》するほど偏狭《へんきょう》ではあるまい？」

「う……まあ、そういうことなら……」

「よし。決まった。その時開く歓迎《かんげい》の舞踏会では、おまえは責任を持って王子のお相手をするんじゃ。よいな」

「ええっ。待てよ。そんなの聞いてないよ、勝手に決めてんなよ」

「なにしろ陸からは、五十年前の地殻《ちかく》変動のおりにいろいろ援助《えんじょ》を受けたしのう！　海の民の面子《メンツ》にかけても、盛大な舞踏会を開かなければなるまいな。海の民の威信《いしん》にかけてもな！」

　その後はイルがどんなに抗議《こうぎ》をしようと、決まったこととして取り合ってはくれなかった。

「ちくしょー、いつかグレてやるぞー」

なさけない捨てぜりふを吐《は》いて、イルは両親の元から退散した。

その後十日間、宮殿は上を下への大騒《おおさわ》ぎで歓迎会の準備を整えた。感謝されるほうなのだから、これほど手厚くもてなすことはないとイルなどは思うのだが、そこには陸と海との微妙《びみょう》な対立が関係してくる。ようするに陸の者になめられないよう、海王の言ったとおり面子をかけて準備をしているのだ。

とばっちりはイルにも来て、後半五日間はどこにも出られず、衣装あわせと仮縫《かりぬ》いと陸の作法のおさらいで時間が過ぎていった。

子供で、まだまだ外で遊びたい盛りのイルにとって、これは大変なフラストレーションだった。

舞踏会の当日、三時間にもおよぶ長い身支度から解放されて、イルは憔悴《しょうすい》した顔つきでばあやに連れられ控《ひか》え室から出た。

廊下《ろうか》に黒ずくめの姿があった。

「あー、ヴィン……そこにいたのかー」

低くイルはつぶやいた。恨《うら》みがましい目をしていた。

「イル……すばらしいよ。輝《かがや》くばかりの美しさだ」

ヴィンセントはイルの視線をものともせずににこにことしている。

「ドレスと髪型《かみがた》が実に合っていて引き立て合う。デザイン画どおりによくやってくれたね」

誉《ほ》められたばあやは誇《ほこ》らしそうに笑った。

「ええそれはもう。ヴィンセント様のデザインはイル様の美しさを十二分に引き出すものでしたし、私も張り切って仕上げさせていただきましたよ。ああ、ほんとうに美しくていらっしゃいますよ、イルさま。もう、どのご婦人にも負けませんよ」

「あーそう。オレは女じゃないけどね」

ヴィンセントはハハハと笑った。

「女であろうと無かろうと、イルのその美しさに敵《かな》うものはいないさ」

こいつ、楽しんでいやがるなと、イルは思った。

「広間まで手ぇ貸せヴィン。この靴歩きにくいったらありゃしない」

おやすいご用と差し出された手に、イルは長く整えられた爪《つめ》を思いっきり立ててぎゅっとつかまってやった。

ヴィンセントは手の痛みに一瞬《いっしゅん》顔をしかめた。それでも手を振り払わないところがすごい。

「そんなに気にくわないか？　今日のこれは」

視線がざっとイルの全身を見る。

「別に、これはもういいけどよ。慣れっこだし。どーせまだ格好良い男の正装とか似合わないし」

唇《くちびる》をとがらせるイルにヴィンセントはほほえむ。

「ただštevilo、なんつーかさ。親父様《おやじ》……そんっなにオレを女に、陸の王子の嫁にしたいのかなあって思ってさ」

「今日のこれは王子へのサービスだろう？　まさか海王がイルを陸へ嫁に出すとは思えないよ」

「なんで？」

「陸では滅多《めった》に会えないからさ。娘の君をそばにおいておかなくちゃ意味がないだろ」

「ふーむ。やっぱじゃあ、今回のは陸への義理立てかあ」

「義理立てって……例の五十年前の？」

イルはそうそうとうなずいた。

「この惑星《わくせい》のガイドブックに書いてあったろ。五十年前の海底火山の大爆発《ばくはつ》。オレたちの予測をはるかに越《こ》える規模だったもんだから、尋常《じんじょう》ならざる被害《ひがい》になっちゃったんだ。それで都市が一つ壊滅《かいめつ》したし。名物の海竜《かいりゅう》もごそっと死んだしね。その時海の復興に、陸の連中がびっくりするほど良く手助けしてくれたんだよ。たぶんあのエアリオル王子の父親が王位についたばっかりの頃《ころ》じゃなかったかな」

「そうですわよ、イル様。エアリオル王子のお父上、ハルステッド王の御治世《ご》でした。それまで互《たが》いに干渉《かんしょう》せずいがみ合ってさえいた陸と海の民が、その機を境に変わったのですわ」

後ろからついてきていたばあやが説明した。

「……ああ、イルたち海の民は、第一期の植民からここで頑張《がんば》っていた人たちの子孫だったね。そして今の陸の民は二百年後の第二期の植民者たちか……。私の星と一緒《いっしょ》だ。どうしたっていがみ合いになる。どこの惑星でも起きている問題だな」

「まあね。うちはそれでもマシだったよ。陸と海とで完全に住む場所別だったし。冷たい無視の関係なだけだったし――。そんな陸の民が、惜《お》しげなく救援《きゅうえん》の手を向けてくれたことには、海の民の一員として、感謝してるけどさ」

でも。と、やはりイルは思ってしまう。

（やっぱどっか釈然《しゃくぜん》としないよなー。親父様、なんかオレに隠《かく》しているよーな気もするし）

考え事をしながら歩いていると、ヴィンセントがポンポンと手を叩《たた》いた。

「着いたよイル、笑《え》顔《がお》だよ笑顔」

イルは黒ずくめの青年をジロリと睨《にら》み、まるで何かに挑戦《ちょうせん》するかのようなキッとした顔つきで大広間の扉《とびら》をくぐった。

＊　　＊

この日のマカリゼインの空気の流れは、いつにも増して清涼《せいりょう》だった。きっと空調管理官と酸素を提供するプランクトン飼育官がはりきってたに違《ちが》いない。

遠い海上の陽光は、新たに百も追加した光の増幅《ぞうふく》プリズムを通過して、ふだんの倍もドームに光をあてていた。二重ドームの間で育成されている発光海老《えび》は、良質の餌《えさ》をふんだんに与《あた》えられて活発に泳ぎ回り、ドームの隅々《すみずみ》を照らしている。ほかにドーム外の海中では、思念波に応じて体色を変えて発光する夜光虫が、波に揺《ゆ》られながら色とりどりに花咲《はなさ》いている。

これほどの大盤振《おおばんぶ》る舞《ま》いでマカリゼインが飾《かざ》り付けられるのは、海王の戴冠式《たいかんしき》以来のことだった。

これらはすべて陸の王子エアリオルとその随行《ずいこう》者を迎《むか》えるために用意されているのだった。


この二時間ほど前。

「話に聞いていたとおりだ。素晴《すば》らしい眺《なが》めだと思わないかフォート」

眼下に迫《せま》るマカリゼインにエアリオルは言った。

「ええ。まことに暗闇《くらやみ》に浮《う》かぶ真珠《しんじゅ》のようです。宮殿《きゅうでん》マカリゼインは」

フォート・メイスンが答えた。

エアリオルとその一行は潜水艇《せんすいてい》に乗り、海の宮殿へむかっていた。

航行に携《たずさ》わる乗務員をのぞき、ほとんどがラウンジに集まっている。外部カメラから送られてくる外の映像が、窓代わりのスクリーンに随時《ずいじ》映し出されているのだ。室内にはソファセットが四つと軽い飲み物を用意できるバーカウンターがある。ほかには何一つ豪華《ごうか》な装飾《そうしょく》のない簡素な室内だ。

「だがエアリオル殿下《でんか》にとっては、あの宮殿の中にこそ、もっともすばらしい宝石が存在することになる。そうじゃろう？」

フォートの語尾《ごび》を取ってレプトン博士《はかせ》がいった。

ふり返るエアリオルとフォートに、持っていたコーヒーのカップを軽く掲《かか》げてみせる。

「もちろんその事は隠しませんよ。けれど博士にもこの海の中に長年の恋人《こいびと》がいるのでしょう？　海竜《マリレクス》という」

「うむ。惑星セブン・シーの神秘の竜じゃ。一目見たいと思い続けて五年もかかったからのう」

「博士は確か、海竜をみるためにわざわざセブン・シーへいらしたのですよね」

王子の随行員の若い女性が話しかけた。

「一体何が博士ほどの方を呼びよせたのですか。確かに昔の地球のイルカやシャチのように高い知能を持っているようですが、姿がクラシックな首長竜に似ている位で、とりたてて注目すべき所もないように思われますけれど……」

女性は、フォートがレプトン博士の後ろで、なにやらブロックサインのようなものを自分に送っているのに気付いた。たぶん意味合いは止《よ》せとか、やめろだろうと思った。

それが送られた意味はすぐに分かった。

「注目すべき所がない？　ああ、なんということじゃ。その無関心が、海竜《マリレクス》の悲劇じゃ。お嬢《じょう》さん……ローラ・マックリンさん」

リプトン博士は女性のネームプレートを読んで話しかけた。

「そもそも竜の名を持つとはいえ、海竜はれっきとしたほ乳類なのですぞ。先ほどあなたが比《ひ》較《かく》対象としてあげたイルカやシャチ、クジラと同様なのです。そして海の民が来る以前は、セブン・シーの海に住むほ乳類として最高の頭脳を持ち、独特の思念波でも他《た》の追随《ついずい》を許さぬパワーを持っておったのです」

「は、はあ……」

「そして地球太古の生物、首長竜。あれはあれで貴重な生命であったが、いやはやここの海竜《マリレクス》と比べるとは……。今は良くても三年後には必ず笑われてしまうでしょう。なぜならば五十年前の不運の火山活動。かれらは不幸にして四分の一の生息数になりましたが、海岸に打ち上げられた死体を調査する機会を得て、生物学者は驚《おどろ》くべき新発見を手にしたのです。一昨年のネイチャーワークス銀河連邦《れんぽう》総集編はお読みになりましたかな」

「あ……いえ、まだですわ。あの博士……」

「いけません、それはいけませんぞ、マックリンさん。惑星セブン・シーの住民としてあまりに認識が薄《うす》い。よし、私の本をお貸ししましょう。いやその前に基礎《きそ》的な説明が必要ですな。そもそも海竜《マリレクス》というのは海中の生き物には珍《めずら》しく雑食性で………」

とどまることのないレプトン博士の話に、随行員ローラは助けをもとめてフォートを見た。だがフォートはすでに横を向いていた。下手《へた》に助け船を出したら海竜《マリレクス》の講義に自分もつきあわされることを身をもって知っていたからだ。

胸中で許せ、と呟《つぶや》きながらフォートは王子のとなりに戻《もど》った。

「いいのかフォート。見捨てられたって顔しているぞ」

「試練です。いやその、大丈夫《だいじょうぶ》。もう間もなくでマカリゼインに到着《とうちゃく》予定です」

フォートの言葉に間違いはなかった。それから間もなく、潜水艇はマカリゼインのゲートに到着したのだった。

マリンポート施設《しせつ》のドーム頂上に停《と》まると、天井《てんじょう》部分がエレベータとなって下がっていく。潜水艇のてっぺんがドーム内に収容されたところでドームの天井が閉じ、そのまま一気に施設のドックまで下がる。数秒、海中にいるときよりも船体が揺れる。圧縮空気が注入されて潜水艇が水上に顔を出したからだ。操縦室のクルーからアナウンスが入り、マカリゼインのドックに無事到着した旨《むね》が伝えられる。

エアリオルはラウンジのソファから立ち上がった。

「王子、いよいよですね」

「ああ。祈《いの》っていてくれよフォート。私の恋が実ることを」

「そしてこのセブン・シーの将来に繁栄《はんえい》がもたらされることを」

エアリオルはかすかにうなずき、ラウンジから出た。

＊　＊

陸の王子エアリオルを迎えて、舞踏会《ぶとうかい》は定刻どおりに開かれた。

広間には陸の王子一行──潜水艇の当直をのぞいた全員と、たくさんの海の貴族たちが招かれていた。

嵐《あらし》の夜の救助活動で活躍《かつやく》した海の民は今宵《こよい》の宴《うたげ》には招かれていない。大半がイルよりも年下の子供たちだったので、明日の朝、改めて場を設け、宮殿内に招待することになっていた。

それらの準備はすべて海王側が率先して行ったものだった。

エアリオルは当初かれらを陸の潜水艇に招待し、中のラウンジでレセプションを行いたいと伝えた。しかし、子供らは海の民の誇《ほこ》りでもあるからと宮殿内に特別に招待をしてやりたいと返され、エアリオルも結局承知したのだ。かわりに今度はかれらを陸の王宮に、陸の民の恩人として招待をしたいと告げて。

「案外それを狙《ねら》った海側の作戦かもしれませんな」

フォートなどはそう見解を述べた。

現在、大広間には華《はな》やかな音楽が流れていた。宴もたけなわといったところだ。

イルは、仏頂面を少しだけゆるめて宴を楽しんでいた。ゆるめきらないのは、自分の面子《メンツ》に関わるからだ。なけなしの自尊心といおうか。

（まあさ、たしかに陸の王子はむちゃくちゃ阿呆《あほう》じゃあないみたいだけどさ）

大広間に登場した陸の王子は、好奇心《こうきしん》満々の海の女たちに「おや」と目を細めさせるほどの美男子だった。

陸と海の人間の仕方のない成長の差として、かなり華奢《きゃしゃ》で女のような体格に見えたが、堂々とした物腰《ものごし》がそれを十分補っていた。

「偉大《いだい》なる海王オルレイオス、初めてお目にかかります。セブン・シーの海の宝石、マカリゼインにお招きいただいたことを大変感謝しております」

王座から降りて歩み寄ってきた海王に優雅《ゆうが》に一礼し、口上を述べた。

エアリオル王子は陸の人間の間では長身でとおっているようだったが、それでも海王の肩《かた》の辺りまでしか届かなかった。

だが海王は王子に対して最上級の貴人に対する礼をもってこたえた。王子の目線の下にまで頭を下げたのだ。

周りの貴族たちからはっと息をのむ音が漏《も》れ、イルも驚いた。

海王がここまでの最敬礼を行った相手は、今までただ一人しかいなかった。その相手も同じ海の民――海の偉大なる魔女《まじょ》と呼ばれる祖母メイアーであり、海王が陸の人間相手にここまで礼を尽《つ》くすとはだれも考えていなかったのだ。

「私も、海の民を代表して、陸のエアリオル王子に我ら自慢《じまん》のマカリゼインへおこしいただいたことを光栄に思います。これを機にセブン・シーの同じ民として交流を深め、星全体の発展に互《たが》いに協力していきたいと思っております」

挨拶《あいさつ》を交わしたふたりは顔を合わせて満足げにうなずいた。

その後で海王は直接王子を助けたイルを紹介《しょうかい》し、王子は貴婦人に対するようにイルの手を取って口づけしかけ、寸前ではっと気付いてとまった。

「失礼しました。分かってはいてもつい姫《ひめ》を相手にしている気になってしまいました。あなたがあまりにも美しいお姿ゆえ。申しわけありません」

口づけはせず、軽く握手《あくしゅ》のようにイルの手を握《にぎ》って王子は離《はな》した。

これを聞いた海の民たちはクスクスと笑い合った。イルの可憐《かれん》で美しい外見は、海の民にとっても自慢の一つだ。陸の王子が姫に間違えたとあっても悪い気はしない。

エアリオルがイルに助けられた際に一目惚《ぼ》れして結婚《けっこん》を申し込んだという話はすでに広く知られていたので、むしろ同情的な声まである。海王の末っ子が男になりたがっている話は周知の事実だからだ。

ただし、イル一人だけは、いまの間違いが海の民へのパフォーマンスであることに気付いていた。

自分の手を握って引くエアリオルの手に不自然な力を感じたからだ。

だから、後になって席について思った感想が、むちゃくちゃ阿呆じゃあない。なのだ。

現に陸の王子とその一行は、海の民たちに好印象で迎《むか》えられ、周りを始終人に囲まれていた。

それを遠巻きに見るものたちも、本当のところは話しかけたくてたまらないようすだった。

（あ、ヴィンセントが近づいていった。へえ、あいつも陸の王子に興味あるんだ……）

急にイルは席から立ち上がり、そちらへ近づいていった。

ヴィンセントの話を聞いていて、陸の一行が顔をこわばらせたのを目にしたからだ。

（バカあいつ、また自分の持病のこと喋《しゃべ》っちまいやがって）

ヴィンセントは出身星ツーファ特有の風土病にかかっていた。厄介《やっかい》なことに一度発病すれば治療《ちりょう》不可能。ようするに不治の病だ。

俗名《ぞくみょう》を『吸血鬼病《きゅうけつき》』と呼ばれる病だった。

しかし、人類の故郷地球の伝承にあるような怪物《かいぶつ》と同じになるわけではない。人の喉《のど》に牙《きば》を立てることもなければ、コウモリに変身することもなく、ましてやツーファ以外では感染も発病もしない。ツーファに自生する何種類かのバクテリアによって引き起こされる病だからだ。

とはいえ、発病者が他者の生体エネルギーを摂取《せっしゅ》することは事実であり、暗がりを好んだり、老化が遅《おそ》かったり、その気になれば強い暗示能力を発揮できることも事実だ。

そのために、多くが感染し発病したツーファの第一期植民者たちは以後の植民者たちに迫害《はくがい》を受け、一時は絶滅《ぜつめつ》寸前まで追い込まれたのだ。ツーファではその後発病を抑《おさ》える特効薬も開発され、発病遺伝子を持つ子供たちもただの保菌《ほきん》者となり、まるで太古の地球であったかのような異能狩《が》りは一応の収束を迎えた。

それでも噂《うわさ》は宇宙船乗りから伝えられ、この銀河中に広まっており、それを聞いているからこそ、陸の一行は顔をこわばらせたのだ。

(あ、あれ……?)

イルはその場につく前に足をゆるめた。

陸の王子が驚《おどろ》きから立ち直り、生真面目《きまじめ》な顔で何か喋りヴィンセントに握手を求めたのだ。ヴィンセントは快くそれに応じ、ほかの者にその場を譲《ゆず》って王子の前から離れた。

と、きびすを返したその目がイルにとまり、むかってくる。

「よお。おまえまたぺらぺら喋っただろ」

「ああ。だって私が私を語る上で、吸血鬼病のことは切り離せないだろう」

「そーゆーと潔く聞こえっけど、よーするにおまえ専用の秤《はかり》にかけてんだろ。悪趣味《あくしゅみ》だぞ」

イルは顔をしかめてヴィンセントの胸を手の甲《こう》で叩《たた》く。

叩かれているヴィンセントは妙《みょう》に楽しそうだ。

「まあ私の数少ない趣味の一つだから。……それでねイル。かれ合格だよ。よかったね」

「はーあ？　よかったねはオレの台詞《せりふ》だろ。偏見《へんけん》も下手《へた》な同情も持たない相手が見つかって、よかったね、ヴィンセントさん」

などと二人がいつもの馴《な》れ合いを繰《く》り広げているうちに、音楽が軽やかなテンポのものに変わった。いよいよ本当の舞踏会が始まったのだ。

広間の中央をダンスするものに明け渡《わた》すため、ぞろぞろと人々が壁際《かべぎわ》に移動する。

「おしいなあ……」

イルに付き従って歩きながらヴィンセントは言った。

「おしいって、何が」

「そういう格好のイルは、滅多《めった》に見られないだろうからさ。ダンスを申し込むチャンスなんだけどね」

「ヴィン、踊《おど》りたいわけ？　別にオレいいけど――」

「……イル、それ素《す》で言っているの？　きみは本当に天然だねえ」

やれやれとヴィンセントはため息をつく。イルは一言一言くぎって言い返した。

「何、言って、るか、わかん、ねえぞ、ヴィン。おまえこそ理解不能」

「だから今日は何のための………まあいいか」

ヴィンセントの言わんとするところは席に戻《もど》ってから気付いた。

あとから追いかけてきたらしいエアリオル王子が、すぐさまイルの前に来て、ダンスを申し込んだからだ。

イルは返答をためらった。

別にダンスを踊るくらいどうということはないのだが、それで調子づかれても困る。

なんとか相手に恥《はじ》をかかせず断れないかと思っていると、隣《となり》に座る海王がにこやかに笑いながら、イルをこづいた。

「何もそんなに恥《は》ずかしがらんでもいいぞ、イル」

それでも……というか余計にグズグズしていると、今度は思い切り強く背中を叩かれ、席から追い出された。

勢い余ってつんのめるようになったイルを、エアリオルがすかさず抱《だ》きとめる。

このっ……とイルがふり返ると、海王は笑顔《えがお》の中で、目だけはじろりとイルを睨《にら》んだ。

「イル、海の民の踊り手がどれほどすばらしいか王子にぜひ納得してもらえ」

「はい。承知いたしましたお父様」

よそ行きの言葉遣《づか》いで挑戦《ちょうせん》的に返事をし、イルは王子に向き直った。

エアリオル王子は礼儀《れいぎ》正しく、今の会話を聞こえなかったふりをしてイルに手を差し出してくる。

そこへぴしゃりと叩くように自分の手を載《の》せて、二人で皆《みな》が踊る輪の中へ入っていった。

曲目は優雅《ゆうが》なワルツになっていた。

曲に合わせてステップを踏《ふ》みながら、イルは相手が相当に熟練した踊り手であることを知った。これはかなり場数を踏んでいるに違《ちが》いないと思っていると、王子が静かに話しかけてきた。

「やっと二人きりでお話しする機会が持てましたね」

「きりじゃないと思われますけど、エアリオル王子。周りで聞き耳たててる方がたくさんいるようですよ」

ちゃんとよそ行きの言葉で答え、妙に自分たちのそばにいようとするカップルにイルは視線を向けた。

視線のあったどこかの夫人は、「ホホホ……」と愛想笑いをして反対に旦那《だんな》をリードして離れていった。

「ええまあ。聞きたい者には聞かせてやりましょう。私は今日は見物される立場ですから」

イルは無言だ。エアリオルはそんなイルをじっと見つめ、ほほえんだ。

「あの嵐《あらし》の晩に助けていただいたこと、本当に感謝しています」

「それはさきほども伺《うかが》いました。そのときにもお答えしたと思いますけれど、人命救助は当然のことです。感謝をいただくようなことではありません。もう結構ですから」

「けれど私はあなたに助けられたことを、その運命を非常に幸運なことだと思っているのです」

エアリオルはにっこりと笑った。

あまりに幸せそうに笑うのでイルは…………むかついた。

（コンの……。だれのせいでオレがこんな着たくもない服着て、お上品な言葉遣いでホホホと笑ってるとおもってんだよ。おめーは幸せ一杯《いっぱい》でいいかもしれねえけどなあ………！）

「やめた」

ぼそりとイルが言う。

聞き取れなくて、えっと聞き返すエアリオルに、特上のほほえみを浮《う》かべてやる。

「やめたって言ったんだよ」

ガラリと口調を変えてイルは話した。地のままの言葉遣いだ。

「あのな、ほんと感謝なんていらないよ。あれは海と陸の契約《けいやく》の一つだろ。互《たが》いの住処《すみか》で相手が困っていたら助け合うってやつ。別にあんたが礼を言うことじゃねえよ」

「……礼を言われるのは気に障《さわ》りますか」

「障る。とくにあんただと」

エアリオルの顔が傷ついたように歪《ゆが》んだが、イルは手加減しなかった。

「なあ、陸の王子ともあろう者が知らないわけないだろ。オレ成人前なの。そんで成人前の海の民は男女の区別もないの」

しかしどうしたことか、エアリオルは立ち直って笑みを浮かべた。

「はい。そのことはもちろん聞き及《およ》んでいます。有名な話ですからね」

「……じゃあ、どーしておれを嫁《よめ》にしたいなんて言ってきたんだよっ」

「私はあなたに一目で恋《こい》をしたのです。ですからたとえいま現在は女性でなくとも、将来女性になっていただければよいと思ったのです」

「…………」

　イルの中にジワジワと怒《いか》りがこみ上げてきた。

（てめえっ。なんだその、オレが女になって当然って言い種《ぐさ》はっ！　陸の王子の要望はかなえられて当然とでも思ってんのかッ！　馬鹿《ばか》にすんなよ！）

「残念だけど、それは絶対に、ねえっ」

　胸の怒《お》りを押し隠《かく》し、低く短く言う。下からにらみつけるように王子を見る。

と、イルは突然《とつぜん》、自分が大変な過ちをおかしていたことに気付いた。

（やべえ。こいつきっと知らないんだ。オレが男になりたがっていること！）

　嵐の晩に海辺でひっぱたいて言ったのは、

「オレは女じゃねえ！」

──だ。

　つまり成人前で無性状態であることだけを言って、自分が男になるつもりであることは言わなかった。

（あー、だから勘違《かんちが》いしてたんだ。うわあ、オレが女になると思ってたんだ。こいつバッカだなあ……）

そういえば、娘《むすめ》にしたがっている父親がその情報を伝える訳もなかった。

(いやバカっつーか……なんか哀《あわ》れで気の毒かも……)

イルはうっかり同情の目でエアリオルを見てしまった。

「悪い、ちょっと待った。あのさ、聞いてなかったと思うんだけどオレさ、女になる気持ちはないんだ。成人したら男になりたいんだよ。こういうこと、さっさと教えておかなかったこっちも悪いんだけどさ——」

「はい。知っています」

「……そういうわけで、悪いけどそちらの望みは叶《かな》わ………ええ？」

最後通告のつもりで話していたイルは、びっくりして顔を上げた。

そこには少しも動じていないエアリオルの笑顔があった。

イルはあんぐりと口を開いた。

正直言葉がでなかった。それくらい、唖然《あぜん》とした。

「……性別の決定まで、あと三年あると聞きます。その間に心変わりしていただければ、これ以上はない喜びです」

王子はすました顔で言ってのけた。

ピシッ。

イルの中で何かが、そう音を立てた。

顔がますます剣呑《けんのん》になる。

(こいつこいつ、コイツ。知ってるだとお？　知ってて、オレの人生を左右する重大な決めごとに口を挟《はさ》もうってのかっ！　なんてヤツだよっ)

この時ちょうどワルツが終わった。イルはこれ幸いと席に戻ろうとした。これ以上こんな嫌《いや》な奴《やつ》のそばにいられるかと思った。

けれど、王子は手を離さなかった。

「たった一曲とは寂《さび》しいですね。それとも……この曲は苦手ですか？」

次にかかったのは、今はやりの素早《すばや》いステップを組み合わせたダンスだった。この曲を間違《まちが》いなく踊《おど》れるものは陸でも海でもそういない。

「踊れるけど、踊らねえ」

ぶっきらぼうに言って戻ろうとする。

「あぁ、気付かなくてすみません。その長いドレスでは、略式ステップでも大儀《たいぎ》ですね。分かりました、やめましょう」

またまたイルはカチンときた。戻ろうとしていた身体《からだ》をくるりと向き直らせ、王子に言ってやる。

「お気遣《きづか》いならご無用。踊るとも。もちろん正規のステップで」

王子はおやという顔をした。

何を隠そうイルはこの宮殿《きゅうでん》の中では、一番身が軽く、このダンスを得意としていた。

（へっ。残念だけどついてこれないのはあんたの方だよ）

これで恥《はじ》をかけばいいと思った。そうすれば王子から求婚《きゅうこん》を取り下げるだろう。

ところが、だ。

次の楽章の始まりまで待ってから、二人はフロアをすべりだした。

ターン、ターン、ターン。右に左に素早くステップ。優雅に、だがすばやく入れ違いの半回転を繰《く》り返す。

（げっ。こいつ、うまい）

イルは舌を巻いた。

エアリオル王子はプロのダンサー顔負けに踊り、イルに負けないほど速く動いて、イルをくるくるふり回した。

いつの間にか周りから人が遠のいていった。広間には人で囲んだ舞台《ぶたい》ができる。そこを一杯につかって、エアリオルはひどく優雅に込み入ったステップを一つも間違えずに踊った。

少しも息切れせずに。

「あ、ごめん」

「——いいえ」

（くそ、信じらんね！）

　イルは舌打ちした。

　ステップを間違えて、エアリオルの足先を踏《ふ》んでしまったのだ。

（うう、長いドレスの裾《すそ》のせいだ。踊りにくいったらありゃしない……。やっぱ女なんてろくなもんじゃないッ！）

　どんどんテンポが速くなり曲は最高潮に盛り上がったところで終わった。

　直後に拍手喝采《はくしゅかっさい》がイルたちの周りから起こった。

　イルも王子もさすがに息を乱していた。

　イルは視線を落として王子の爪先《つまさき》に小さな汚《よご》れがあるのに気付いた。自分が踏んだ跡《あと》だ。

「悪い。さっき………」

　イルが皆《みな》まで言うまえに王子がさえぎった。

「あなたはとてもダンスがお上手《じょうず》なのに、残念ですね、すそが絡《から》まってしまって」

　そう言って、イルの手をとって口元にかかげ、そっと口づけた。

　イルはふりほどきたい気持ちをかろうじて抑《おさ》えた。

　なんというか、自分の粗相《そそう》を庇《かば》われたあとでは、自分が悪い手前手をふりほどけなかった。

（なんか、わかったぞ。顔はきれいだけど性格悪いんだコイツ！）

　口をへの字に曲げて、イルは自分の秤《はかり》にかけた結果のレッテルを王子に貼《は》り付けた。

第3章　レセプション

イルは宮殿の謁見室《えっけん》で欠伸《あくび》をかみ殺していた。

昨日ほとんど寝《ね》ていないせいだ。

我ながら感心した自制心で舞踏会《ぶとうかい》を乗り切ると、イルは会場から出たその足で両親の元へ赴《おもむ》き、嚙《か》みついた。

「オレは、絶対絶対ぜーったい、陸の王子の嫁《よめ》になんかならないからなっ。他人の意思をないがしろにする奴なんてごめんこうむる！　オレはだれが何と言おうと男になる。だから父上、今度今日みたいな真似《まね》してみろ、家出して海竜《かいりゅう》の巣に行って、二度と帰ってこねえからなっ」

海王が反論しようものなら、文字通り腕《うで》に嚙みつきかねない勢いだった。

とくに海竜の巣という、特級の危険地帯の名を出され、海王どころかさすがの王妃《おうひ》も「まあ、そんな」というほかなかった。

海竜は、セブン・シーの海に生きるもっとも強いほ乳類だ。平素ならばまず人を襲《おそ》うことはないが、あいにく今は海竜が一番気を荒《あら》くする子育ての時期だ。

その巣のある海域にはだれもが近づきたがらない。

ちなみにイルの言うあんな真似というは、ダンスを踊ってこいと無理やり席を立たせたことだ。

「あーもう。冗談《じょうだん》じゃねえ。何でオレ当人が嫌《いや》だって言ってるのに話聞かねえのさ」

自室に戻《もど》っても怒《いか》りは収まらない。そこへもってきてさらに最悪だったのは、着替《きが》えを手伝うばあやや侍女《じじょ》たちが、こぞって陸の王子を褒《ほ》めそやしたことだ。

「それだけイル様にぞっこんってことですよ」

「そうそう。ずっと熱っぽい目でイル様のこと見てらっしゃいましたものね」

「陸の人間っていうから、どんな貧相な男かと思ったら、あんなに美男子なんですもの、驚《おどろ》きましたわよね」

「ええ。お顔の良さだけで言ったら、イル様の兄上方にもひけをとりませんわよね」

「そりゃあそうよ。それぐらいでなければ、海の王族には不釣《つ》り合いだもの」

「私はあの目がいいと思うわ。うつくしい澄《す》み切った空の色ですもの」

「あらやっぱり？　そうよね。あの瞳《ひとみ》でじっと熱く見つめられたらと思うと……」

侍女の一人は手を握《にぎ》り合わせて「ああ」とため息ついた。

ようやく衣装をはぎ取られ、楽な室内着になったイルはムッと眉《まゆ》をよせた。

「あのねお姉さんたち。オレは、その、熱っぽい目がすっげえ嫌なんだけど」

「まっ。イル様はあんなにひたむきに恋《こ》い焦《こ》がれている瞳を向けられても、なにもお感じになりませんの?」

「全然。ちっとも。うっとうしいだけ。あれのどこがいいの」

女たちは顔を見合わせてプッと笑った。

「そうですね。成人前のイル様には、まだまだおわかりになりませんね」

妙《みょう》にしたり顔で女たちが笑うものだから、イルはますます不機嫌《ふきげん》になった。

「あーくっそ。本人に全くその気がないのに、周りがごちゃごちゃ言ったりくっつけようとするのって最悪。ほんっとムカック」

グラスをぐいとあおってくだを巻く。

「………夜中に呼び出されて、わざわざきみの不機嫌な顔を見るのも……まあたまには面白いね」

答えているのはヴィンセントだ。

むしゃくしゃして、とても眠《ねむ》れる気分ではなかったイルが、愚痴《ぐち》聞かせ相手として部屋《へや》に招いたのだ。

「……悪かったよ。だからとっておきの酒出して、一緒《いっしょ》に『血の伯爵《はくしゃく》夫人エリザベート』見てるじゃないか」

「うん。イルの声で台詞《せりふ》がちっとも聞こえないけれどね。ああ、だからってボリュームあげなくて良《い》いよ。台詞は全部そらんじてるから」

イルはリモコンに伸《の》ばした手を無言で引っ込めた。

「でもイル、正直そんなに悪い気はしないんじゃないのかい。彼は陸の王子で、相当な美男子だよ」

「なんでヴィンまでそういうこと言うわけ。いくら顔が良くても、王子でも、オレには関係ないの。オレは男になるんだから」

「じゃあ、かれが王女だったら？　求婚《きゅうこん》を受けたかい？——イル、そういう顔をするのはよしなさい、百年の恋も冷めるから」

思いっきりうげっとした顔のイルにヴィンセントは忠告した。

「では王子の妹を嵐《あらし》の晩に助けたとして、王女だったら結婚するかい？」

「え、あいつ妹いるの？」

「いるよ。……少し不勉強だね」

ヴィンセントはリモコンに手を伸ばすと、ムービーソフトの再生をやめて、ニュースのデータベースにアクセスした。さすがにエアリオル王子はトピックスとして大きく取り上げられている。彼の家族関係を知るのは容易《たやす》いことだった。

「あ、すげーかわいい。これ、あいつの妹なの？」

「そうマリジーヌ姫《ひめ》、十六歳。妖精《ようせい》の女王モルガンにちなんだ名前の持ち主だ」

「へー。あ、オレだってエアリオルはさすがに調べたぞ。大気の妖精の名前だろ。ええとそれで？　母親である王妃は亡くなっていて…………なにこれ。当時二歳の第二王子とともに過激派テロによって死亡？　再婚相手も男子を身ごもってる最中《さなか》に服毒自殺……。国王は一年前に……宇宙船事故ぉ？　政務をこなすも後遺症《こういしょう》でいまも外出を控《ひか》えている。一部では、後妻の王妃も自殺ではなく、政権を狙《ねら》うテロリストグループの仕業でないかとささやかれている……

……って、ヴィン、これまじ？」

イルは唖然《あぜん》とヴィンセントを見た。

「ニュースだからね、本当だよ」

素っ気なく答える黒ずくめの男から、イルはまた情報を映し出すスクリーンに目を戻す。

「現在は倒《たお》れた王に代わり、年若いエアリオル王子が表舞台《ぶたい》に立ち、国王の弟であるバルックボンド公ワルター殿下《でんか》がその補佐《ほさ》を務めている……」

その後にはエアリオル王子の生い立ちがずらずらと並んだ。イルはざーっと目を通し、終わるとヴィンセントの手からリモコンをとり、別の項目《こうもく》で検索《けんさく》をかけてデータを引き出した。

肌《はだ》もあらわな美女の画像が映しだされて、ヴィンセントはヒュッと口笛を吹《ふ》いた。

「おやおや、俗《ぞく》っぽいスクープ誌じゃないか。イルがこんなのを読むとはね」

「読まないよ。けど知ってる。――これだ」

イルは見出しの一つを選んで画面に映し出した。

そこにはこういった雑誌ならではの、噂《うわさ》とさる筋からというなんとも怪《あや》しげな情報源に基づいた下世話な記事が載《の》せられていた。どれも胡散臭《うさんくさ》いが、それだけに一般《いっぱん》人が喜び、信じたくなるであろう、陸の王室の赤裸々《せきらら》な内情が記されていた。

「へーほーふーん……」

読むうちにイルの目はだんだん細められていく。

「けっこう面白《おもしろ》いね、こういうものは」

イルに代わってヴィンセントが声に出して読み上げた。

「国王の第二夫人は淫乱《いんらん》で、王弟のワルター殿下と密会を重ねていた。身ごもった子供はワルター殿下の子供で、それを知った国王の極秘部隊が毒殺した。……とおもえば、今度はエアリオル王子と義理の母の禁じられた恋か。あれ、エアリオル王子は恋多き青年らしいね。彼の『恋の遍歴《へんれき》』の項目だけで二十五人分もあるよ。全部見るのかい？　イル」

「見ねえよっ。次すすめるぞ」

「次は……血塗《ちぬ》られた王室か……ちょっとそそられる見出しだね」

ふたたびヴィンセントがリモコンを持って画面を進める。

「ああ、前国王もこの雑誌によると不審《ふしん》な死になってる。悪魔《あくま》に魅入《みい》られたのか、なんて書いてある。――病気がちといわれているマリジーヌ姫も実は寄宿学校では魔女の儀式《ぎしき》を行っている。エアリオル王子は恋人となった女性たちを王宮に招いたが、そのうち何人かは行方《ゆくえ》不明となっている。王室の呪《のろ》いの生け贄《にえ》になったか、もしくは口に出せない忌《い》まわしい儀式に、乙《おと》女《め》の血を捧《ささ》げられたのではないか……。ふむ、こんなムチャクチャを書くところでさえ口はばかるって、一体なんだろうねえ」

興味深そうなことを言いながらも、ヴィンセントはそれらの記事を読まずに、つぎつぎ見出しのみを進めていった。

「あっ、止めてヴィン」

イルは見出しの記事に『嵐の夜の幽霊《ゆうれい》船』と書かれたところで声を上げた。

「これは……イルたちが活躍《かつやく》したあの晩のことか。そういえば明日だろ、子供たちと一緒に感謝状を受け取るのは。夜更《よふ》かししすぎじゃないのかい？」

チラリと時計を見ると、午前三時を回っていた。

「うん。分かってる」

しっかり答えながらもイルは画面から目を離《はな》さなかった。一緒に記事を読んでいたヴィンセントはぽそりと言った。

「イル、幽霊船なんてすばらしくお茶目《ちゃめ》なものをいつ見たんだい？」

「いーや見てねえよ。見たのは……海竜《かいりゅう》一匹《ぴき》。子供連れてなかったから多分雄《おす》」

「海竜を見たのか。それはうらやましい。で、ここに書いてある、王子の船を襲《おそ》った呪いの幽霊船っていうのは……」

「これ書いたライターのイカレた脳みその幻想《げんそう》だろ。小説書いてたほうが良いんじゃないのこいつ。ほら、十人以上も人が死んで、助かった人間も原因不明の高熱で今もうなされているとか書いてやがる。今日舞踏会《ぶとうかい》に出席してた王子もフォートもレプトン博士《はかせ》もぴんぴんしてたっつーの」

イルは画面にむかってぷりぷりと怒《おこ》った。ヴィンセントは気を利かせて、まともなニュースのデータベースにアクセスし直し、嵐の晩の事故の顛末《てんまつ》を書いたものを探した。

それによると、事故は幾《いく》つかの偶然《ぐうぜん》が重なった結果と分かった。

そのうちの主な二つが、気象衛星から送られるデータが器機の故障でうまく受け取れなかったことと、初期点検の不備で、エンジンの冷却《れいきゃく》装置が稼働《かどう》していなかったことだ。ほかに帆《ほ》の操作に長《た》けた船員が運悪く非番でしたたかに酔《よ》っぱらっていたことなども、事態を深刻にした要因としてあげられていた。

記事はこのあと、乗員乗客が全員無事生還《せいかん》出来たのは、海の民の敏速《びんそく》な救助活動のおかげであると締《し》めくくっていた。

「関連ニュースを見てみるかい？」

「いや。いい。消して」

ニュース画面を消すと、スクリーンにふたたびムービーソフトが再生され始めた。身体中《からだじゅう》に若い娘《むすめ》の血を塗りたくって微笑《びしょう》する女の顔がアップになる。見せ場のシーンだが、イルは少しも注目していなかった。

「どうしたイル、難しい顔をして」

「うん……船の難破、事故じゃ、ない」

「どうしてそう思うんだ？」

「エアリオル王子の救命胴衣《どうい》がさ、切り裂《さ》かれてたんだ。あの時は船から落ちるときにどっかに引っかけて破けたんだと思ったけど……。触《さわ》った感触《かんしょく》がナイフで切ったみたいにきれいだった。それと、王子を助けたオレにフォートが言ったんだ。自分が行くまで王子のそばにいてくれって。オレが断ったら、今度は絶対リプトン博士にあずけろって。ほかの者じゃだめだって言ってきた」

「ふうん……あまり穏《おだ》やかじゃないね」

「……なあ、ヴィンセント。さっきの家系図でいったら、エアリオルの次に王位継承権《けいしょうけん》が高いのはだれになるんだ？　妹のマリジーヌ姫？」

「まあ、そうだろうね。さっきざーっと見た家系図によれば、陸の王家では女性でも王位を継《つ》げるらしいからね」

「ふーん」とイルは気のない返事をした。

その後、さすがに眠《ねむ》らないといけないからとイルはヴィンセントを部屋から追い出した。一緒《いっしょ》にムービーディスクも返そうとしたが、後半、伯爵《はくしゃく》夫人が幽閉《ゆうへい》されて死ぬと、秘術によって五百年後の二十世紀に吸血鬼《きゅうけつき》として生き返り、特殊《とくしゅ》部隊を退役したニヒルな元軍人と壮絶《そうぜつ》な戦いを繰《く》り広げると聞いて、もう二、三日借りておくことにした。ヴィンセント曰《いわ》く、「派手《はで》なアクションシーンばかりで少しもおもしろみがないけれど」だったが。

ヴィンセントを帰して間もなくイルはベッドに入った。

だが眠りの安らぎはなかなか訪れず、何度も寝返《ねがえ》りを打ったすえにイルは潔く起きあがった。

「あー、だめだ。どうしても気になる……」

むすっとした顔で、イルはふたたびスクリーンをつけてニュースのデータベースにアクセスした。

エアリオル王子に関連したデータを片《かた》っ端《ぱし》から呼び出す。

すると王子の個人情報の他にも、王子がさまざまな政治の場面で手腕《しゅわん》を発揮していることが分かった。

イルが目を留めたのは、半年前に父王に代わって準惑星《わくせい》連合会議に出席した話だ。

「なになに、そこで十惑星連合について発言。今後二年以内に銀河連邦《れんぽう》に加盟するよう力説。居並ぶ各惑星代表者団から喝采《かっさい》を受ける……か。へえー、やるじゃん」

イルはすなおに感心した。

遥《はる》か昔、地球から火星へとはじまった人類の植民惑星は、それから千年を経た今、地球の属する銀河の中心部までに広がろうとしていた。今では地球が中心ではなく、新たな行政機関、銀河連邦が発足し、千以上もの植民惑星を束ねている。

だが連邦で発言権を得るためには、定められた一定の条件を満たす必要があった。惑星の生活水準や文化水準も大切だが、何より前提とされるのは、近隣《きんりん》の植民惑星十以上を集めた連合を作ることだった。

これがイルの言った十惑星連合だ。

十の単位ではじめて連邦協議会に一票分の発言権が得られるのだ。

連邦に加盟すればほかにも、連邦内の貿易関税額が引き下げられたり、主要航路に組み込まれるメリットが得られる。そうすると人や物資の往《ゆ》き来が桁違《けたちが》いに跳《は》ね上がり、結果ますますの繁栄《はんえい》をとげるというわけだ。

しかしイルは途中《とちゅう》で「あれえ」と首をひねった。

「でもうちの惑星って連合加入もまだじゃなかったっけ………。あ、やっぱりそーだよな。ええと、この時のエアリオルは……特別招待。ふむふむでもって加入しないのは……」

理由を読んで、イルは苦笑した。

『海と陸に別れて暮らす住民たちの対立関係が足を引っ張っている』

と、書かれていたのだ。

確かに第二期の今の陸の民が惑星セブン・シーに植民してからこっち、両者は互《たが》いによそよそしく、できるかぎり無視しあっていた。

陸側の言い分としてはこうだ。

海の民は第一期植民者として必要以上にすかしている。おまけに頑固《がんこ》で、海中に居をかまえて必要以上に肉体改造をおこない（水中での呼気や思念波、成人前の性別未決定のことだ）見苦しいほどだ。だというのに環境《かんきょう》保護と自然派を気取って、文明を退化させている。これは人類に対する冒瀆《ぼうとく》にひとしい。

一方イルたち海側もひややかだ。

セブン・シーの入植後、もっとも大変な時期に逃《に》げ出しておきながら、今更《いまさら》やってきて何を言う、だ。

イルたちの先祖、第一期の植民者は五百年余り前にセブン・シーの大地に立った。

最初は他《た》の多くの植民惑星同様、陸地に街を作った。しかし、入植後十余年で大規模な火山活動にみまわれた。

街は安全を十分考慮《こうりょ》し、火山地帯からは遠く離れた場所にかまえられていたが、上空に巻き上げられた火山灰にある有毒成分が含《ふく》まれていることがわかって事態は急変した。

火山灰は気流に乗って遠からず惑星全体をつつむことになる。太陽光を遮《さえぎ》り、昼までも薄暗《うすぐら》い日々が数ヶ月以上続いた後、徐々《じょじょ》に地表に降りつもる。

この空気を吸い、大地を歩けば人の身体は壊滅《かいめつ》的な打撃《だげき》を受けると分かったのだ。

一時、街をドームで覆《おお》う案も出されたが、有毒成分が人間の一生よりも長い間大気に残留すると分かり、却下《きゃっか》された。

せっかく入植した惑星であるが、撤退《てったい》せざるを得ないかとなったときに、もう一つの事実も判明した。この有毒成分が、海上では陸の十分の一以下の濃度《のうど》に希釈《きしやく》され、海中に落ちると急速に分解され効果をなくすと分かったのだ。

住民は、あくまでもセブン・シーを見捨てず、海上に住居を移そうという一派と、陸上生物が海上で百年以上も暮らすことなど出来ない、諦《あきら》めて他惑星に避難《ひなん》するべきだという一派に分かれ、結局意見の一致《いっち》をみないまままそれぞれ主張する選択《せんたく》通りに行動した。

半数がふたたび宇宙へ出ていき、残った半数は大海原のまっただ中に海上都市を造って移り住んだのだ。

残った住民はやがて海上からより安全な海中へと居を移し、それに応じて肉体を適応させ、イルたちの先祖となった。

やがて地表から有毒成分が消え、最初の入植から二百余年がたった後、セブン・シーに第二期の植民者がやってきた。彼らの大部分は優先権の関係から、二百余年前に惑星を逃《のが》れた第一期植民者たちの子孫であった。

彼らは銀河連邦の最先端《さいせんたん》の科学技術を持ち込み、次に同じことが起きても大気に撒《ま》かれた有毒成分を完全に無効化することが出来ると豪語《ごうご》し、海中生活に甘《あま》んじる海の民に、古代の地球生物同様、陸へ上がって進んだ文明の恩恵《おんけい》を享受《きょうじゅ》するようにすすめた。

だが誇《ほこ》り高いイルの先祖たちは無邪気《むじゃき》に差しだされた手を力一杯《いっぱい》はね除《の》けた。

以来、海と陸は互いに不干渉《かんしょう》の冷たい関係となったのだ。

「どっちもどっちで、大人気《おとなげ》ないんだけどなあ……」

今のイルや大半の海の民はそう思っている。

ひょっとしなくとも、陸の民もそうだったのかもしれない。

とにかく、五十年前に陸から援助《えんじょ》の手を差し出されたとき、海の民はだれも手に噛《か》みつくことはしなかった。

「えーと、準惑星連合は今は九惑星で構成されてるんだよな。うちの惑星が加入したら、準から十惑星連合に格上げで銀河連邦に入れるわけか。……まあ、今の調子でいったら、海と陸の住民全面和解で……準惑星連合にすんなり加入できそーだよなあ」

イルはニヤリと笑った。

海の民の王族としても、セブン・シーの一住民としても、銀河連盟に加盟することは大いに喜ばしいことだが、なによりイル個人としても非常にありがたかった。

「加盟したら、めんどくさい申請《しんせい》手続きや期間制限なしで、パスポート一つで銀河連邦のどこへでも行けるもんなあ！　そしたら宇宙船乗りになったキース叔父《おじ》さんみたく、あっちこっちの星へ行って――――」

イルはムービーディスクの中で繰り広げられる、宇宙を舞台《ぶたい》にした大冒険《ぼうけん》の数々を脳裏に描《えが》いた。

宇宙海賊《かいぞく》に遭遇《そうぐう》して人質になるものの、反対に海賊を退治して囚《とら》われていた美姫《びき》を助けたり、銀河パトロール隊に入って悪辣《あくらつ》な銀河連邦の大幹部の不正を暴いたり、未開の惑星で超《ちょう》古代の文明人のテクノロジーを発見し、銀河を震撼《しんかん》させる大戦争の発端《ほったん》を担《にな》ったり……。

にへら〜と実にだらしなくイルは笑った。

ヴィンセントがこの場にいたら、「五百年の恋《こい》もさめる」といったところだ。

さすがに映画と現実が違うことは分かっているが、それでもイルの冒険心を刺激《しげき》するには十分だった。

「よ、よーし。あいつは気にくわないけど、こっちのことじゃ協力してやっか」

なんとも個人的な理由で、イルは陸の王子にエールを送ることを決めたのだった。

*　*

——と、いうわけで、今朝《けさ》、マカリゼインの謁見《えっけん》室に立つイルは非常に眠《ねむ》たかった。

嵐《あらし》の晩に陸の人間たちを救助した海の民に、王子が感謝を述べる儀式《ぎしき》にイルも出席しているのだ。

結局イルは明け方までデータベースのあちこちを渡《わた》り歩いていたのだ。

ほぼ徹夜《てつや》状態だったが、おかげで知りたい情報はほとんど仕入れることが出来た。

同時に副産物として、自分が如何《いか》にセブン・シーの現状を知り得なかったのかも学ぶことが出来た。

ヴィンセントの「少し不勉強だね」発言は、相当割り引いて言ったものだというのも分かった。

(ちぇーっ。でもなあ、オレほんとこういうのから隔離《かくり》されて育ったからなあ)

男女差別というほどではないが、今でも政治に関しては男の従事率のほうが高い。

イルがまだ幼いころ興味を持って上の兄たちと一緒《いっしょ》に議会を見学していたとき、

「女に政治は出来ないよ。まず理解が出来ないらしいからな」

海王は笑ってイルだけを外にだしたのだ。

カチンときたイルはその足で王妃《おうひ》に言い付けに走った。

すると王妃はホホホと笑った。

「言わせておきなさい。政治って格好の遊び道具を与《あた》えておけば、男は偉《えら》くなった気分で上機《き》嫌《げん》になるんですから」

「でも男ばっかりが決めるなんて、ずるいよ母上」

「あらまあ、イル。議会に出席している男たちが、自分の奥《おく》さんにひとつも愚痴《ぐち》をこぼさないと思う？　女たちが、不機嫌つづきの夫を放っておくと思う？　話を聞きだして、それとなく助言した私の言葉をね、お父様ったら翌日すっかり自分の考えたことだと思いこんで、颯爽《さっそう》と議会に提案したことが、本当は何十回もあるのよ」

にっこりと笑う王妃に、イルは幼心になんて格好良《い》いのだろうかと思った。

長じた今になってからは、大人の女はこわいなあというのと、とてもでないが自分はあの母親のようにはなれないだろうと考えることしきりだった。

（一夜漬《づ》けのおかげで、一応必要知識は詰《つ》め込んだけど……あー眠い……。ったくなんでこーゆー儀式は無駄《むだ》に長いかなあ）

イルはまた欠伸《あくび》をかみころした。

目の前ではエアリオル王子が子供たち一人一人に気さくに話しかけ、勇気と人を助ける気高い精神を褒《ほ》め称《たた》えている。

子供たちは王子と握手《あくしゅ》をし、記念のメダルを首からかけてもらった。

メダルを手にしてくすぐったそうに笑い、子供たちはほかに助けられた陸の人間全員の謝辞とサインの入った感謝状をもらった。

陸のうつくしい緑の丘《おか》が印刷されたカードだ。

きっと子供の親たちは次に控《ひか》えた記念撮影《さつえい》の写真とともに、額縁《がくぶち》に入れて食堂の壁《かべ》に飾《かざ》るだろう。

（うわー満面の笑顔《えがお》。いくら目的達成のためとはいえ、よくやるよなあコイツ）

子供たちが王子に話しかけられて高揚《こうよう》に頰《ほお》を赤らめて答えるさまを、イルは横目で見ていた。

このレセプションを王子が十惑星《わくせい》連合成立への第一歩にしたがっていることをイルは見抜《みぬ》いていた。

TVのニュースカメラが回り、一部始終を収めている。きっと昼とか夜のニュースで海と陸の全都市にこの模様が配信されるだろう。

五十年前の陸の援助を経てもなお、どこかよそよそしい関係を続けていた陸と海だ。今回のニュースは喜ぶべき明るい話題となるだろう。半月後にはここにいる海の子供たちが、今度は海の民の親善大使として陸を訪問する。

その根回しのためにも、ニュースは広く知れ渡るほうが良い。かわいらしい海の子供たちに陸の民は一気に海の民への好感度をあげるだろうし、向こうで子供たちが大切にされれば、海の民も当然気をよくする。

そうなれば、互《たが》いの先祖の残した亡霊《ぼうれい》のようなわだかまりも消え、手を取り合って協力態勢を築くこともやりやすい。

今はそのための大事な一瞬《いっしゅん》だ。

……と、分かってはいても、イルは眠たくて眠たくて、王子や列席者に何か話しかけられてもぼーっとしていて、ちっとも気の利いた答えが返せなかった。傍《はた》から見れば不機嫌な嫌《いや》な奴《やつ》に見えただろう。

「……イル。ほら、イル。記念撮影だってさ」

はっと気がつくと、子供たちに手を引っ張られて撮影用の椅子《いす》に座らされるところだった。海の王族のイルの隣《となり》には当然陸の王子が座る。子供たちはその周りにバランスよく配置されてにっこりと笑顔で写真に写るのだ。

だがファインダーをのぞいたカメラマンは、そこでむちゃくちゃな要求をした。

「どうもありきたりですね。……そうだ、エアリオル王子とイル様、もう少しこう、海と陸の王族代表として寄り添《そ》って――。イル様？」

「え？　なんだって？」

「ですから、もう少し近寄って、どうせなら仲良く肩《かた》など抱《だ》き合っていただけると――」

ぼんやり聞いていたイルはようやくカメラマンの言葉を理解した。

なんだと、と目を瞠《みは》る。

「私はかまいませんよ」

「オレはかまう！」

エアリオルの言葉に間髪《かんはつ》いれずイルが叫《さけ》んだ。

「そんなに怖《こわ》い顔をしなくても……。ほら、カメラマンが困っていますよ」

イルの拒否《きょひ》などちっとも気にせず王子は言った。

「それに子供たちも戸惑《とまど》って可哀想《かわいそう》ですし」

指摘《してき》されてイルがふりむくと、周りの子供たちは確かに驚《おどろ》いた顔をして見ていた。

さすがに今のはまずかったかなとイルは思った。

と、すぐ後ろの子供がポンポンとイルの肩を叩《たた》く。

「大人《おとな》げないなあ、イル様。いろいろ事情があんのは知ってるけど、ここは王族の務めとしてさあ。オレたちだって、一所懸命《けんめい》よそ行きの顔してるんだから」

あの嵐の夜にフォート・メイスンを救助した少年だった。

エアリオル王子はぷっと吹《ふ》き出して、「失礼」と、横を向き、必死に笑いをかみ殺した。

だが王子一人がすました顔をしていてもどうしようもなかった。少年の言葉を聞いた部屋《へや》中の人間が肩を震《ふる》わせて笑っていたからだ。

イルはばつが悪くなって赤面し、居住まいを正すとゴホンゴホンと咳払《せきばら》いした。

「あーわかった。王族として務めを果たす」

きっぱりと言った。その後で急いでつけくわえた。

「でもよりそって肩抱くんじゃなく握手にしよう！　それで十分だろ、なっ」

子供たちと、カメラマンと、居並ぶ人々に順繰《じゅんぐ》りに顔を向けていく。見られた者たちは妙《みょう》に必死なイルのようすに同情したのか、うんうんと頷《うなず》いた。

王子への承諾《しょうだく》をとるのは、かれらを味方につけた後におこなった。なにかごねるかなとも思ったが、陸の王子はその辺は大人らしく、イルの提案をあっさりと受け入れた。

イルはせめて一度で終わるようにと精一杯《せいいっぱい》の笑顔を浮《う》かべ、記念撮影のカメラにおさまった。

「イル、今日の午後、よろしかったら私の潜水艇《せんすいてい》でご一緒《いっしょ》に海底の遊覧に出かけませんか？」

レセプションを終えた後、即座《そくざ》に部屋に戻《もど》ろうとしたイルを王子が呼び止めた。

例によって爽《さわ》やかで屈託《くったく》のない笑顔だ。

イルは昨日ほどの嫌悪《けんお》感はなかったものの、キッパリ断った。

「あ――悪いけど、先約があるんだ」

これはウソだった。とにかく部屋に戻ってひたすら寝《ね》たかった。

だがその眠気《ねむけ》は王子の次の言葉で吹き飛んだ。

「それは残念ですね。レプトン博士《はかせ》とともに海竜《マリレクス》の生息地へ行くのです。ようやくあなた方の自然保護官から許可がいただけましたので」

「マリレクスって……あっ、海竜の――生息地ぃ？」

イルは大声を上げてしまった。

エアリオル王子はイルの関心を引けたことに喜んだのかニコニコと笑った。

「ちょっと待った。今がどんな時期だか、知ってんのか？」

「もちろん。海竜の母と子の観察には絶好の機会と、レプトン博士は大喜びですよ」

「……そっちの船に、自然保護管は乗ってるんだろうな」

「ええ。もちろん。他《ほか》にも一艇の潜水艇に付き添ってもらいます」

イルはムムム……と眉《まゆ》を寄せた。しょっぱい顔をした。

それだけの用意があれば、海竜の怖さを知らない陸の民が暴走して海竜に近づいても被害《ひがい》を食い止められそうだった。海竜側の被害も、陸の民側の被害もだ。

だからそういった心配はなくなった。

イルが次に感じたのは——純粋《じゅんすい》に好奇《こうき》心だった。

「レプトン博士はそれが目的だったから分かるけど、なんで王子までわざわざ危険を侵して海竜を見に行くんだ？　オレだって今の時期の海竜に近づきたくねえよ？」

「理由は……そうですね。ご一緒していただけたらお教えします」

エアリオル王子のもったいぶった物言いははなはだしゃくに障った。

けれど、イルはもう一つの可能性もしゃくにさわった。つまり海の民の自分よりさきに、陸の王子に海竜の子供を見られてたまるかと思ったのだ。

身体《からだ》は眠いと言っている。けれどもう気持ちの方が収まらなかった。

「よし、わかった。一緒に行ってやっても、いいよ」

「ありがとうございます」

エアリオル王子はさっきまでカメラに見せていたのとはちょっと別の、心底嬉《うれ》しそうな笑顔でこたえた。

第4章　マリレクス

「我々研究者が使うマリレクスの名前の由来は、古代語にちなんだものだ。マリは海をあらわし、レクスはレックス。王様の意味じゃ。つまり海の王様と名付けられたんだ」

レプトン博士は滔々《とうとう》と喋《しゃべ》っていた。

イルは潜水艇のソファに座り、辛抱《しんぼう》強く聞いていた。

「五十年前に打ち上げられた海竜《マリレクス》の遺体を調べた生物学者のグループは、思念波を有する驚くべき生態を学会に発表する際に、ラテン語の名を付けた方が格が上がると考えたわけじゃ」

「なるほど」

隣で興味深そうに相づちをうつのはヴィンセントだ。

ヴィンセントはイルがエアリオル王子と一緒に潜水艇に乗ると知って、自分もぜひ間近で海竜が見たいとついてきたのだ。

海竜の生息地までは二時間かかる。その間にイルはフォート・メイスンに潜水艇の中を案内してもらい、さすが陸の船、天井《てんじょう》が低くて入口の造りも違《ちが》うなあ、などと感心した。

エアリオル王子は移動の時間を使って政務をこなすために、イルをもてなせないことをさんざん謝りながら自室にこもった。イルとしてはその方がだんぜん嬉しいので笑顔で見送ってやった。

そのあとラウンジに戻ってきて、お茶など飲みながらついうっかり訊《き》いてしまったのだ。レプトン博士は海竜の生態に興味があるんですってねと。

とたんにラウンジ中の陸の人間たちはイルに同情のまなざしを向けた。だが向けるだけでけっして近寄っては来なかった。

レプトン博士はイルと、その場に一緒にいたヴィンセントを自分の向かいのソファに座らせ、喜々としてマリレクスについて話し始めた。

最初の十分間、イルはふむふむと興味深く聞いた。その後の十分間で、どうも旨《うま》く質問が挟《はさ》めないことに気づいた。

そして今は講義が始まって三十分後。先ほどのラウンジの皆《みな》の視線の意味が分かってきたところだった。

(呼び名なんてマリレクスでも海竜でも、どーでもいいんじゃねーかなあ……うううう、眠てえ……)

とうとう耐《た》えきれずにイルはグラッと頭をゆらした。

レプトン博士がゴホンと咳払いした。イルがはっと頭をあげると、あからさまに不機嫌《ふきげん》な顔とぶつかった。

「そんなに退屈《たいくつ》かね、私の話は」

「ごめんなさい。そのう、昨日遅《おそ》くまでデータベースでニュースを拾ってたものだから。あ、そういえばレプトン博士のこと見たよ。老化遺伝子研究の第一人者なんだってね」

ヴィンセントはおやという目でイルを見た。

イルは、まあこれくらいはな、と胸を張った。レプトン博士は「おお」と歓声《かんせい》をあげた。

「私の名声が海の民にも知れ渡《わた》っておるとは！　これは嬉しい」

イルの居眠りの不作法などすっかり忘れ、博士は大いに気をよくした。

良くしすぎて、またもやぺらぺらと話し出した。

「そもそも不老に関しての研究は長年、それこそ地球時代の紀元前から行われておってな。十四世紀以降はあやしい錬金術者《れんきんじゅつ》が不老不死の秘薬だといつわり、虫や動物や鉱物の煮《に》たり干したものを法外な値段で売っていたそうじゃ。

そのころからの執念《しゅうねん》あってか、人を老化させる遺伝子と老化を開始させる要因については、宇宙開発が本格化する前から突《つ》きとめられておった。しかし研究者はここで皆、神の業に舌を巻いた。この老化の要因となる複数の遺伝子をすべて除去すると、対象のショウジョウバエはことごとく衰弱《すいじゃく》して死ぬんじゃ。さすがにハエに点滴《てんてき》はできぬからな」

レプトン博士は自分の言葉におかしそうに笑った。

「そこで次はマウスで研究をし、同じ症状《しょうじょう》に陥《おちい》ったときに輸血や点滴をつづけた。するとこちらは通常の三倍生き永らえた。むろんこの間に衰弱の原因をつきとめられた。なんとな、老化遺伝子をすべて排除《はいじょ》すると不老化要因が暴走し、結果的に食物の吸収を百分の一に抑《おさ》えてしまうのじゃ。それでは食事の量を増やせばいいとなるだろう。だが脳の満腹中枢《ちゅうすう》は正常に働いておる。二倍や三倍ならまだしも……いや十倍の食事量もなんとかなるかもしれんが、百倍は無理じゃ。一日生きるために四十八時間食事を続けるようなものだ。一食をカロリー三千キロの高濃縮《のうしゅく》スープで摂取したとしても、一日で百個が必要じゃ。しかもそれを死ぬまで百年も二百年もじゃ。考えただけでうんざりじゃろう。

そこで老化遺伝子の一部を排除する方向に研究はすすめられた。この辺りからひょっこじゃった私も研究に参加しておるのだがな、またもや根性悪の神の仕打ちに泣けてきた。何をどう組み合わせても、今度は過食と食物の過剰《かじょう》吸収症状が出てくるのじゃ。人の二倍の若さの代わりに三倍太った身体を手に入れるわけだが……肥満は成人病の元じゃ。内臓疾患《しっかん》が現れ始めて元の木阿弥《もくあみ》となる。結局医療《いりょう》現場まで下ろされた治療は、一番効果の薄《うす》い老化遺伝子を排除し、代わりに組み込んだ遺伝子によって過食気味になるのを常にコントロールし続けるという、なんともお粗末《そまつ》な事態となっておるんじゃよ。しかし我々研究者はあきらめてはおらん。何か別のアプローチをすれば、人類を老化から救うことが必ずできるはずだ。

私はどこかにそのきっかけがあるはずじゃと、老化とは全く関係のなさそうな文献《ぶんけん》を読みあさり、見つけたんじゃ。このセブン・シーに住むマリレクスの報告書をな。一昨年発行のネイチャーワークス銀河連邦《れんぽう》総集編に掲載《けいさい》された報告書は当然お読みになっておりましょうが、マリレクスの生殖細胞《せいしょくさいぼう》には通常のテロメラーゼの他にもSOD酵素《こうそ》の働きを遺伝子レベルで行うR－テロメラーゼという超《ちょう》複合体DNAポリメラーゼが存在し、なおかつそれは死亡時にトランスポゾン、跳躍《ちょうやく》遺伝子と同様の動きで爆発《ばくはつ》的に増加していることが発表されており――」

「すいません！　レプトン博士！」

イルはソファから立ち上がった。

限界だった。

「オレその本読んでないんだ。読んでから博士の話を聞いたほうが分かると思うからそのあの今日のところはこのへんでもういいです！」

一気に喋った。気を抜《ぬ》くとレプトン博士に負けると思った。

レプトン博士はぽかんとしてイルを見上げた。そのあと「すまんなあ」と苦笑いした。

「いやあ、またやってしまった。退屈な話をしてしまって申し訳ない」

「いいえ。えーと、最初の方の話はほんとう面白《おもしろ》かったんです。ネイチャーワークスは今度読んでみます」

「ああ、それなら私のを貸そう。データディスクではない本物の本じゃよ。ああ待てよ。昨日だれかに貸したままだな……」

「ローラ・マックリンにですよ」

どうやら遺伝子学講義が収束にむかっていると察し、フォート・メイスンが近寄ってきた。

「マカリゼインに来る途中《とちゅう》でお貸しになると博士はおっしゃっていました」

「そうじゃ、ローラじゃな。今はどこにいる?」

「さあ、自由時間なので……。激務続きですから休憩室《きゅうけい》で休んでいるのかも知れません。後で私が伝えておきます」

博士は頼《たの》むと言ってソファを立った。

「喋りすぎて喉《のど》がかわいた。バーで飲み物を頼んでくるよ。きみたちもどうだい?」

「じゃあコーヒーをお願いします。どうにも眠《ねむ》くて」

イルは遠慮《えんりょ》せず頼んだ。

ヴィンセントもストレートの紅茶を頼み、レプトン博士はバーカウンターへ歩いていった。

「ふー。やれやれ。悪い人じゃないんだろーけどな」

「申しわけありません、イル様」

フォートが頭を下げる。

「いやいやいーよ。でも何で博士がエアリオル王子と同行してきたの? 王子が大学で専攻《せんこう》したのは遺伝子工学じゃなかったよね」

「はい。レプトン博士は王弟ワルター殿下の恩師で、半年前にセブン・シーへいらっしゃいました。その関係で嵐の時も、王子とともに船に乗っておりました。マリレクスを見る機会は無駄にしない方ですから」

「なるほどね。……学者バカ？」

レプトン博士《はかせ》がまだバーテンダーと話しているのを確認してから、イルはいたずらっ子の目つきで訊いた。

フォートは一瞬《いっしゅん》言葉に詰《つ》まり、やはり周りを確認してから、わざとらしく声を潜《ひそ》めて答えた。

「そうです。愛すべき学者バカです」

イルは軽やかに笑った。

「よかった、おたくとは気が合いそうだ。後でちょろっと話があるんだけどさ、どっかで時間とれる？」

「はい。もちろん。マカリゼインに戻った後にお伺《うかが》いします」

フォートは約束し、その場を辞した。

イルはそこで大あくびをした。またもや眠気が襲《おそ》ってきたのだ。

「すこし眠るといいよ。着いたら起こすから」

「あーうん……でも博士がコーヒー持ってきてくれるから……」

「博士は自分のコップを持って出ていくところだよ。手を振《ふ》ってる。飲み物はバーテンダーが持ってきてくれるみたいだ」

「なんだ……じゃ寝《ね》る」

隣《となり》のヴィンセントに答えたかと思うと、イルはソファによりかかってスースーと寝息をたてはじめた。

ヴィンセントは微笑《ほほえ》んで、やってくるバーテンダーに「シーッ」と合図を送った。

＊　＊

ローラ・マックリンは乗務員用の小さなラウンジで一人、ネイチャーワークス銀河連邦版と格闘《かくとう》していた。

レプトン博士に借りた本を、結局昨日は一頁《ページ》も読めずにいたのだ。さすがにそれはマズイと思い、この移動の時間を見越《みこ》して持ち込み、乗務員用のラウンジでこそこそと隠《かく》れるように読んでいるのだ。

乗務員たちは事情を知ると、くすくす笑いながらも向こうのラウンジには黙《だま》っていようと約束してくれた。

今も一人きりにしてくれている。

辞典のように大きく分厚い本にはほかにもさまざまな研究分野の新発見について書かれていたが、ローラは浮気《うわき》をせずにひたすらマリレクスの項目《こうもく》を読み進めていった。ページにはレプトン博士の筆跡《ひっせき》で、あちこち傍線《ぼうせん》が引っ張ってあったり、思いついた言葉が書き込まれていた。

と、新しいページを繰《く》ったときに、メモ書きに使ったらしい紙がはらりと落ちた。

あわてて拾ったローラは上質のブルーの紙面の裏に何気なしに目をやり、はっと息をのんだ。

本のページに戻《もど》って、書き込まれた言葉を拾っていく。

「……マリレクスの特殊性《とくしゅ》。幼体に顕著《けんちょ》……Rーテロメラーゼ。製薬投与により早老症《しょう》ラットに改善。老化防止。思念波による会話の発達。海の民の協力必須《ひっす》」

本の書き込みはいかにも学者らしい言葉ばかりだった。

だが挟《はさ》まれていた紙にはもっと現実的な、非常に分かりやすい言葉が書かれていた。

手紙の一部なのだろう。手書きの便せんにはこうあった。

『完成した薬品は連邦《れんぽう》全域が市場となる。老化からの開放。永遠の若さ。これを喜ばぬものがいようか。たとえ一惑星《わくせい》の生物が絶滅《ぜつめつ》したとしても、選ばれた人類が永遠の若さを手に入れるためならば甘《あま》んじるべきなのだ。なぜなら進化とは、他生物を踏《ふ》み台にして成し遂《と》げられるものだ。そのためにはセブン・シーが連邦に加盟する前に、世界がこの生物に注目する前にすべてを行わなくてはならない。優先されるべきことは邪魔《じゃま》者の排除《はいじょ》だ。連邦への加盟を急ぎ、この生物を連邦保護指定生物にしようとするエアリオルは――――』

「やあ、こんなところにいたのかねローラ」

乗務員用ラウンジのドアが開き、レプトン博士が顔を出した。

「レプトン博士!」

ローラは悲鳴を上げてばたんと本を閉じた。

便せんは咄嗟《とっさ》に本に挟んで隠す。

レプトン博士はローラの持っている本を見て相好を崩《くず》した。

「隠れて何をしているかとおもえば、本を読んでいないことが私にバレないよう、ここで読んでいたんじゃね。こっそり宿題をする生徒のようじゃな、見つかって悲鳴を上げるとは」

「いえ、あの……す、すみません……」

「で、もう読んだかね？　その本をイル殿《どの》にも見せる約束をしたんじゃよ」

ローラはビクリとし、身体《からだ》全体で本を隠すようにした。

「あの……まだ。まだです。もう少しお借りできませんか。最後までは読んでなくて」

「なに、かまわんよ。先にイル殿にお貸しするから、その後にまた君に貸そう。イル殿は遺伝子学に興味を持ったようだ。一晩貸せば読み終えるだろう。……おっと今のは当てこすったわけではないぞ」

レプトン博士は笑顔でローラに近づいた。だがローラは本を見せまいと身体をずらす。

「どうしたローラ。ほら、本を返しなさい。……ん？　顔色も悪いが……」

レプトン博士の目がスッと細められた。

本からブルーの紙がのぞいていた。

だがレプトン博士を見るローラは気付いていない。

「仕方ないな」

レプトン博士はにこりと笑った。

「ではローラ、あと三十分だ。その頃《ころ》もう一度来て、本を返してもらうとするよ」

気さくに手を振り、レプトン博士はラウンジを出ていった。

廊下の足音が遠ざかってはじめて、ローラはほっと息を吐《は》き、椅子《いす》から滑《すべ》り落ちて床《ゆか》にガクリと膝《ひざ》をついた。

本に目をやってギクリとする。ブルーの便せんの端《はし》がのぞいていた。

「気付かれた――――？　それとも気付かなかった……？」

震《ふる》える体を起こして便せんを抜《ぬ》き取る。折り畳《たた》んでポケットに入れようと思ったのだ。

だが見ているうちにもう一つ気付いた。筆跡に見覚えがあった。

「だれ？　だれだった。この特徴《とくちょう》のあるAは……王子の名前の書き方は……」

必死に考え、ローラは突然《とつぜん》答えに突《つ》き当たった。

「まさか――そんなっ！」

知らせなくてはいけない。エアリオル王子に。

ローラは震える手で便せんをポケットに押《お》し込み、立ち上がった。

迷ったけれど、本は置いていくことにした。重くて持っていては走れない。そうだ。走るほど大急ぎで王子に知らせなければならないのだ。

ローラはラウンジから出ようとドアを押した。

が、ドアは開かなかった。

ドアノブを何度もひねったが微動《びどう》だにしない。

外から強制的にロックされたのだと悟《さと》った。

「開けて！　いるんですかレプトン博士《はかせ》！」

ローラはドンドンとトアを叩《たた》いた。

五分ほどもそうしていただろうか。

コッコッと足音がやってくるのが聞こえた。

ローラは後ろに下がって身構えた。護身術の心得はある。もしも来たのがレプトン博士ならば――。

だがドアが開いて入ってきたのは乗務員の一人だった。

足蹴《け》りを喰《く》らわそうとしていたローラはすんでのところで技を止めた。

「うわ、なんだなんだ、ローラ。ドアを蹴破るつもりだったのかよ」

両手を出して身体を庇《かば》う男に、ローラはほっと息をついた。

「違《ちが》うわよ。閉じ込められていたの。開けてくれて助かったわ、ありがとう」

礼もそこそこにローラはラウンジの外へ飛び出そうとした。

その手をぐいと摑《つか》まれた。

「急ぐってどうしたんだ？　実はこっちにも急ぎの用があるんだ」

腹に当て身を喰らっていた。

そう付け加えようとして、ローラはぐっと呻《うめ》いた。

後にしてちょうだい。

「離《はな》して――」


ざわざわと人の興奮した声で、イルは目を覚ました。

スクリーンの前に人が集まっていた。輪の中で頭一つ分突き出してるのは、同船した海の民の保護官だ。ギャラリーにいろいろと説明をしている。

(ふわあぁぁ～～～～……あれ？　ヴィンがいないや……)

大あくびついでに見た隣に黒ずくめの友人の姿がなかった。周りを見るとちょうどラウンジのドアが開き、鬱陶《うっとう》しい黒マント姿のヴィンセントがやってきた。

「よう、スクリーンに海竜が映ってるよ」

「知ってる。その艇内放送を聞いて戻ってきたんだ」

ソファに近寄りながらヴィンセントが答えた。

「まだスッゲエ遠くだよ。もうちょっと近づくんじゃないかな」

「そうでないと、あの人が暴《あば》れ出すんじゃないか？」

ヴィンセントが指さしたのはスクリーンの一番前に陣取り、メモまで取っているレプトン博士だった。

「オレも聞いてくる」とイルはソファを立った。

と、テーブルに目をやって、コーヒーが置かれていることに気付く。

どうせならとカップをもって一口する。

その時、微《かす》かな震動《しんどう》が潜水艇《せんすいてい》に走った。

なんだろうと思っていると、スクリーンが一瞬《いっしゅん》真っ黒になる。

「え？……あれは……」

潜水艇に積まれた調査船だった。

それがすごいスピードでまっすぐに進んでいく。海竜にむかって。

大きく目を瞠《みは》り、保護官が即座に走り出した。

「操舵室へ行きます。イル様、ここは頼みます」

「分かった」

イルはラウンジ中に叫んだ。

「伏《ふ》せろ！　早く。何かに摑まれ。海竜が怒《おこ》ったら衝撃波《しょうげきは》がくる！」

スクリーンの前にたまっていた陸の人間たちは、えっとしていたが、イル自身が床に伏せるのを見てバタバタと真似《まね》をする。

スクリーンの中で調査船がぐんぐんと小さくなる。
海竜が気付いて振《ふ》り向く。その陰《かげ》にもっと小さな海竜がいる。
(やばい、子供づれだ――)
「耳をふさげ。マジに死ぬぞ!」
必死のイルの叫びにラウンジ中の人間たちは半信半疑ながら手で耳を押さえた。
その直後に潜水艇がぐらりと揺《ゆ》れた。嵐《あらし》の晩のように。
そして、無言の叫びが直接人間たちの頭をうった。

第5章　エアリオル王子

「いって――え」

ようやく揺れがおさまり、イルは頭をさすりながら顔を上げた。

固定されたテーブルの足にぶつけたのだ。

すぐ横には飲みかけていたカップが転がっている。こぼれたコーヒーが床《ゆか》に広がっていた。

いつになく海竜は怒っていた。イルの感じた思念波は三度あった。

最初は弱く、ほんの警告だった。

これですめば船が揺れるだけでなんの被害《ひがい》もない。だが海竜《マリレクス》はそれだけでは許してくれなかった。その後二度、本気で思念波を発した。きっと警告を無視して調査船が突っ込んだのだろう。

（バカやろ、どこのどいつだ……）

「大丈夫《だいじょうぶ》か、おいっ」

ラウンジのあちこちで声が上がった。呻きながら起き上がった者もいれば、その場で伏せたまま動かない者もいたのだ。

「呼吸確かめて！」

立ち上がってイルは怒鳴《どな》った。

「今ぐらいのなら、脳みそ揺さぶられた一時的な失神のはずだ。寝《ね》かせておけばいい」

「——大丈夫だ、息をしてる」「こっちもだ」

次々と報告が入るが、深刻な状態の者は一人もいない。

イルはホッとして息をついた。すると低い位置から声がした。

「……効果はあるのかい。イル」

「え？」

ヴィンセントだった。ソファに寝ころんだ姿勢で、まだ耳を塞《ふさ》いでいる。

イルはどっと力が抜《ぬ》けた。

「ヴィン……床に伏せろっつっただろうが」

「床に伏せても揺れたらどこかに頭をぶつけそうだったからね。もう耳栓《みみせん》はいいのかい？」

「いいよ。どーせ気休めだし。もともとヴィンは思念波の抵抗《ていこう》力強いだろ」

「……気休め？」

耳から手を外し、ヴィンセントはソファに正しく座った。

「陸の人間に思念波の完璧《かんぺき》なブロックなんて出来るわけないじゃん。だから死ぬかもってのと、耳栓で心理的ブロックさせといて、とっさに抵抗力をつけさせたわけ。まあ、水中じゃないから、どんなに強いの来たって死にはしないと思ってたけどね」

「ああ……思念波は水中でこそ本来の効力を発揮するんだったね」

「つーか、水中でなきゃ効果ないよ、ふつう。海竜がバケモンなの。ったく、だから危ねえっていったのに、一体どこのバカが――」

ふたたびスクリーンに顔を向けてイルは絶句した。

大小さまざまな浮遊物《ふゆう》がスクリーンいっぱいに広がっていた。

調査船の残骸《ざんがい》だ。

「まさか。うそだろ……」

今ぐらいの衝撃で海中調査用のがっちりした船が壊《こわ》れるはずがない。揺られて岩に激突《げきとつ》したとしても、こうまで粉々になるはずもない。

考えられることはひとつ。海竜が意図的に調査船を破壊《はかい》したのだ。

ラウンジ中のだれもがこの光景に凍《こお》り付き、スクリーンに見入った。

と、残骸が徐々《じょじょ》にこちらに寄ってきた。中心辺りに漂《ただよ》っている小さなものは………。

「あ、あれ、ローラじゃないか？」

だれかが言った。

海中にはあまりにも不釣《つ》り合いなスーツのままだ。

イルはばっと駆《か》けだした。

「だれか！　外へのハッチ開けられるやつ！」

ついてこいの言葉まで言われずに三人が駆けだした。ヴィンセントも何故《なぜ》かついてくる。

廊下《ろうか》に出てイルは言った。

「一番詳《くわ》しい人だけオレときて。ほかは報告いったり、戻《もど》ったときの準備頼む」

男たちはチラリと視線を交わし、すぐに役割を決めたようだった。

「わかりました」

一人が回れ右をし、もう二人も降りる階段の手前で別れる。

「イル様、こちらです」

船外活動をするダイバー用の出入口だ。開けると小さな気密室があってその中に海水を一旦《いったん》流し込む造りになっている。イルは邪魔《じゃま》な装飾品《そうしょく》品を外してその場に投げ捨て、小部屋《こべや》に入った。

「私も行きましょうか」

男が言う。

「いい。そっちが準備してる間に行って帰ってこれる。それに多分、うちのほうの船からも人がでる。早く閉めて」

「イル、気を付けて」

「だれに言ってんだよヴィン」

閉まりかかるドアの隙間《すきま》から友人に笑う。

重いドアが閉まると微妙《びみょう》に耳が圧迫《あっぱく》される。どこかでピッと電子音がして、注水口からざーっと海水が流れ込んできた。

(上で入れた水だから温かいな……。この外は水深百メートル切る場所だったよな)

『イル様、緊急時《きんきゆう》ですので外の扉《とびら》は開けたままにしておきます』

上部に付けられたスピーカーから男が言う。イルは了解《りようかい》と返事した。

満水となり、ドア脇《わき》のランプがレッドからグリーンにかわり、イルは叩《たた》くようにボタンを押《お》した。がくっと上にずれて浮《う》いた扉を力いっぱい横に滑《すべ》らせる。すぐさま暗く冷たい海中に身を躍《おど》らせる。

海底が近かった。とはいえここはまだ浅い。水深百メートルほどの受光層だ。

頭上を一条の光が貫《つらぬ》いている。道しるべだ。

ライトが調査船の破片の中に浮かぶ人影《ひとかげ》を正確に捉《とら》えている。イルが外に出たことを知ったためか、あるいはローラのためなのだろう。

調査船を襲《おそ》った海竜の親子の姿はもう見えなかった。だが念のために思念波を辺りに広げる。

仲間を救出しに来ただけだと伝える。

《イル様！　無事ですか》

耳慣れた仲間の思念波が話しかけてきた。やはり先行していた海の潜水艇《せんすいてい》からも救助に出てきたのだ。

《うん。だれだ？》

《保護官のドットールです。そちらに被害ありませんか》
《大丈夫。多少目え回したのがいるぐらいだ。ローラは生きてるかな？》
《先ほどから微動だにしません。気絶しているだけなのか、死んでいるのか、分かりません》
《…………何がどうなった？　海竜はどうして調査船を壊すまでしたんだ？》
《一度目の波をうけても、進むのをやめなかったせいだと思います。まっすぐに、少しのためらいもなく向かっていきました。海竜は子供を庇《かば》って一旦進路から身を遠ざけ、調査船に二度強い思念波をぶつけたことが確認されています。ビデオにも記録されています》
イルはそのビデオ映像がニュースデータに流れるところを想像した。低俗《ていぞく》な雑誌などではまた派手《はで》な見出しをつけるだろう。王子の随行員《ずいこう》だからと、過去の不幸な事故と面白《おもしろ》おかしく結びつけて騒《さわ》ぐ輩《やから》もいるかもしれない。
ゆっくりと沈《しず》んでいく調査船の残骸を器用に避《さ》け、二人はローラに近づいていった。額と膝下《ひざした》から出血しているのが分かった。顔にまともにライトが当たるが、相変わらず身動きひとつしない。顔色も怖《こわ》いほど白い。
最悪の可能性を予想しながらイルは手を伸《の》ばし、とうとうローラの手を摑《つか》んだ。身体《からだ》に張り付いたスーツの上着をはだけ、胸に手を置く。
しばらく待って、手にまぎれもない鼓動《こどう》が伝わる。
《やった。動いてる！》

保護官の顔も嬉《うれ》しそうにほころぶ。
《他に外傷はありませんか？》
《大丈夫《だいじょうぶ》みたいだ。陸の船に運ぶ。何かあっても、陸の人間だったらあっちのが手当ては慣れてるだろ》
《そうですね。私が運ぶほうが早いです》
ローラを渡《わた》し、イルははっと思い出した。
《ちょっと待った。陸の人間って、この深さからいきなり減圧していいんだっけ？》
すぐに一気圧の船内に戻していいのかどうか聞いた。急激な減圧は血液中に飽和《ほうわ》した窒素《ちっそ》を気泡《きほう》に変える。血管内に発生した気泡は激痛を伴《ともな》うばかりでなく、最悪の場合は死に至らしめる。
《……大丈夫です》
少し考えて保護官は保証した。
《調査艇から海に放りだされて水圧を感じていた時間も短いですし、だいいち気を失っていた彼女は呼吸をしていません》
近くを漂っていた調査船の備品の緊急用酸素ボンベは、確かに使われた形跡《けいせき》はない。
保護官はローラを抱《だ》きかかえ、陸の潜水艇に向かって泳ぎだした。
途中《とちゅう》で自分の船に通信機でローラの生存を伝える。しばらくして、陸の船のライトがぐるっと円を描《えが》いた。ローラの生存を知って喜んだ気持ちのあらわれだろう。
イルはラウンジでは歓声が上がっているだろうなと胸中で笑った。
《……あれ？》
何かを感じてふり返った。
残骸の中に、波の動きとは別の速度で動く物がいた気がしたのだ。
魚が集まってきたのだろうか……。
（でも騒ぎのすぐあとじゃ警戒《けいかい》してるはずなんだけどな）
じっと目を凝《こ》らしたが、さっきのような怪《あや》しい動きはどこにもない。
かわらず調査船の残骸がゆったりと沈み、あるいは比重の軽いものは上に上っていく。
目立つ色の酸素ボンベは沈んでいく。中身の圧縮空気が残っている証拠《しょうこ》だ。
《待てドットール……》
《どうしましたイル様》
保護官はローラを抱《かか》えたままふり返った。
《……変更《へんこう》だ。ローラはうちの船で運べ。その方が……絶対に早い》
最後の言葉を入れ替《か》え、イルは有無を言わせぬ顔で指示をした。
その方が――安全だ。
本当に心に上ったのはこの言葉だった。

＊　＊

イルを最初に出迎《でむか》えたのはエアリオル王子だった。

状況《じょうきょう》説明のために陸の潜水艇に戻り、艇内への扉を開けると狭《せま》い廊下にエアリオル王子をはじめ、たくさんの人間が待っていた。

どれもこわばった顔をしていた。

「一体、どういうことですか!」

「どういうって、どれのことだよ」

イルは不機嫌《ふきげん》に答えた。

ドアの横で待っていたヴィンセントは無言でタオルを差し出す。イルは受け取ると、気密室のなかで濡《ぬ》れた髪《かみ》や身体をふいた。

「ローラのことです。私は陸の民を代表して訊《き》かねばなりません。なぜ彼女をここに運ばなかったのですか。彼女が保護法に違反《いはん》したからですか？　緊急逮捕《たいほ》したんですか？　彼女にはけがの手当てが必要だったはずです」

王子の言葉にその場を取り囲んだ他の人間たちも真剣《しんけん》な顔でうなずく。

イルはうんざりした。

「けがの手当てしないはずねーだろっ。あのな、向こうの船のが足が早《は》えーの。見える傷は額に一ヶ所と膝下に一ヶ所だけだったけど、身体の内側はどんなけがしてるか分かんねーだろ。一刻も早くマカリゼインの病院へ連れて行ったほうがいい。それと――」

「それと?」

「うちの船なら、万が一にも海竜に襲われることがねえから!」

イルはますます不機嫌に答えた。だがエアリオルも負けていなかった。

「何故そう保証できるんです」

「滅多《めった》に使わねーけど、あの船は思念波をキャッチしたり放出したりできるんだ。けが人乗せて急いでるってサイレン鳴らしてれば、もう一度さっきの親子連れに出くわしたとしても、襲われることねえよ。……この船も敵って目ぇつけられてるかもしれないぜ。少し揺《ゆ》れても海面近くに浮上《ふじよう》して帰ったほうがいい。――納得したか? エアリオル王子」

イルがギロリと睨《にら》むとエアリオル王子は気迫《きはく》に押されたように身体を揺らし、コクリとうなずいた。

イルはタオルをもったまま気密室から廊下に出た。

道が開き、その分人垣《ひとがき》も外にさがる。

イルは人垣の外へ出てからくるっと向き直った。

「じゃあ次はこっちの質問だ。なんでローラは、外へ、出た。一体だれの差し金だ。子連れの海竜を刺激《しげき》すれば危険だって、しつこいほど言っておいたはずだ。浮かれ気分で観光利くような相手じゃねーんだよ」

エアリオルははっと表情を変えた。

「申しわけありません。部下のことが心配で礼儀《れいぎ》を欠いていました。まず真っ先にあなた方にお詫《わ》びをしなければならないところでした」

「オレに謝ってくれなくていいよ。謝るんなら、ここへ来ることに許可を出した自然保護官たちにだろ」

ちょうどその時、上の操舵《そうだ》室から階段を下りてこの船に乗り込んでいた保護官がやって来た。

「うちの船と連絡《れんらく》を取り合いました。ローラさんは自発呼吸が戻《もど》り、脈拍《みゃくはく》、血圧、酸素飽和度も正常で、今すぐ命に別状あることはないそうです」

王子をはじめとした陸の人間の顔に安堵《あんど》の表情が浮《う》かぶ。

「ただ意識は失われたままですので、やはり全速力でマカリゼインに向かうそうです。こちらの船もすぐに高速移動を始めます。海竜との接触《せっしょく》を避けるために海上へ浮上してから移動します。揺れますから全員席について下さい」

保護官の言葉にしたがい、皆《みな》が歩き出すのと同時に潜水艇《せんすいてい》は震《ふる》えた。上昇《じょうしょう》を始めたのだった。

「イル。濡れた服を着替えて下さい。乗務員の制服の予備があります。私の部屋《へや》にシャワーもついていますから」

エアリオルはスタスタと歩き出すイルを追いかけた。

「え？　いーよ。こん中乾燥《かんそう》してるからすぐに乾《かわ》く……」

途中で言葉を切った。ひょっとするとチャンスかもしれない。

「それ、いいアイディアだ。シャワーあびて着替える。着替えはさ、整備員のつなぎ服がいいな。背中のエンブレムがカッコイイし」

現金な要求をするイルに、王子は目をしばたたかせながらもイルの望んだ服を持ってくるように指示した。

「シャワーありがとう。さっぱりした。贅沢《ぜいたく》にスペースつかってるよな。これって王族専用船？　絨毯《じゅうたん》なんか足沈《しず》むんだもん、びっくりしたぜ」

王子の私室でシャワーをつかい、こざっぱりしたイルは望みの整備員つなぎ服に着替えて濡れた髪をタオルでゴシゴシとやっていた。

目の前にはエアリオル王子がいる。

先ほど廊下でイルにくってかかった時の気迫は微塵《みじん》もない。

「先ほどはすみませんでした。こちらの落ち度を棚《たな》に上げて、あのような口を利いてしまって」

「うん。びっくりした。あんたらしくなかったよね」

「確かに我を忘れていました。ローラが心配でつい……。すみません」

「いいんじゃねえの、それ。部下を心配して我を忘れるって」

タオルの陰《かげ》からイルは言ってやった。王子はなんともいえぬ顔をして、少しだけ口元をほころばせた。

「ローラの名誉《めいよ》のためにいいますが、彼女はあんなことをする人間ではありません。真面目で仕事を大切にしていて。何かよほどの事情があったはずです。その場合もけっしてマリレクスに危害を与《あた》えるつもりはなかったはずです。心優しい人ですから」

「………つーことは、まだ彼女の意識は戻ってないんだ」

「はい」

「あのさ、ローラを向こうの船に乗せたのはさ——安全だからだよ」

エアリオル王子はきょとんとする。

「ローラはさ、スーツ姿のままだった。おかしいんだよ。ライフジャケットも着けてないし、緊急用《きんきゅうよう》の酸素ボンベを使おうとした痕跡《こんせき》もなかった」

「……どういうことですか」

「海竜に向かって行って、攻撃《こうげき》されて。最初の思念波は警告だから、絶対意識失うほどじゃなかったはずだ。そしたら普通《ふつう》はパニック起こして命が助かりそうなもん、つかんだりするだろ。でもローラにはそういうあがきの跡《あと》がない。変なんだ。……最初から意識が無かったとしか思えない」

「……どの時点を最初と想定しているのです」

王子は用心深く聞いた。

「そりゃ――。あんなことをする人間じゃないんだろ？」

「つまり、調査船に乗る、最初から、ですか」

王子は厳しい顔で唇《くちびる》を引き結んだ。

無言で考え込んでしまった王子にイルはぼそぼそと話しかけた。本当はこの後の話はまずフォート・メイスンにしようと思っていたが、このさい仕方がない。

「なあ。命狙《ねら》われてるんだろ、あんたも王様も。ニュースでいろいろ見たよ」

王子はイルを見たが、肯定《こうてい》も否定もしなかった。

「あの嵐《あらし》の時、助けたあんたの救命胴着はすっぱり切られてた。ナイフで切った跡だ。そのあと浜辺《はまべ》で会ったときも、古傷とかいって腕《うで》にけがしてたし。船が沈んだのも事故じゃなかったんだろ。だれが狙ってるのか、心当たりないのか」

「あれは……事故ですよ」

「うそつけ」

イルは即座《そくざ》に斬《き》り捨てた。

「外聞気にしてるのか？　でもおまえのせいで何十人も危険な目に遭《あ》ったんだぞ。そいつらへの責任ってどーなんだよ。今度のことだってきっとローラは――」

「ですから。今回の訪問には厳選した少人数の随行者《ずいこう》にしたのです」

エアリオルは厳しい目でイルを見た。

「――このような船に乗せて申しわけありません。今からでも、そちらの船に戻られたほうがいいでしょう。操舵室に伝えてきます」

「待てよ」

立ち上がるエアリオルの腕をイルは摑《つか》んでとめた。

「オレは、そーゆーこと言ってんじゃねえよ。怒《おこ》るぞ！」

「あなたを巻き込みたくはありません」

「現に巻き込まれてんだろ。だから本当のところ知りたいって言ってんだよ」

「内政干渉《かんしょう》になりますよ」

「あのなあっ。……そういう言い方、おまえの政治方針と一八〇度違《ちが》うんじゃねえの」

エアリオルはぴくっと顔を動かした。

「私の政治方針？」

「陸と海の王国が協力体制をとって、いまの準惑星《わくせい》連合に加入して十惑星連合にして、ゆくゆくは銀河連邦《れんぽう》に加盟するってのが、理想なんだろおまえの」

「……お父上に聞かれたのですか？」

「ちがう。昨日あれからニュース見て調べたんだよ。オレはな、おまえの考えに感心したし、協力してやろうって思ったんだよ！」

イルは怒ったように言った。すこし照れくさいのだ。

エアリオルの方は惚《ほう》けたようにイルを見ている。

「な、なんだよ」

にっこりと、エアリオルは微笑んだ。

「一番の協力は、あなたが私の花嫁《はなよめ》になってくれることなんですが」

「お、おまえ、こんな時に何言ってんだ……」

イルの目が大きく見開かれる。

「あっ。あああ――っ！　わかったぞ。陸と海の平和の象徴《しょうちょう》にしよーと、おまえオレを嫁にしようと思ったんだなっ！　サイテー。うっわ汚《きたね》えー」

エアリオルの腕を放りだすように離《はな》し、イルは部屋の隅《すみ》までいってギャアギャア喚《わめ》いた。

「あの……」

「うるせえ。くんなよ。これで決定的だ。まかり間違って女になっても、絶対絶対おまえの嫁にだけはならねえぞ。オレの人生をそんなことのために犠牲《ぎせい》にされてたまるかっ。オレは宇宙船乗りになるんだからなっ。そんで未開の惑星行って大冒険《ぼうけん》して囚《とら》われの姫《ひめ》助けて帰ってくるんだ」

途中《とちゅう》から何を言っているのかイル自身も良く分からなかった。

エアリオルもあっけにとられて見つめていたが――――。

突然《とつぜん》、エアリオルは楽しげに笑い出した。

「ほんとうに、あなたといると退屈《たいくつ》しない」

「なんだよ。笑われるほど子供っぽい夢でわるかったなー」

ひとしきり笑ったあと、エアリオルは真面目な顔に戻《もど》った。

「すみません、馬鹿にして笑ったのではなくて、あまりに楽しそうな夢だったので」

「だから、それがバカにしてるってえの」

「いいえ。そうではありません。まあ、あなたの夢の具体例は少々偏《かたよ》りすぎていますけど、大事なところは、宇宙船乗りになって、色々な惑星を訪問したいということでしょう」

イルは厳粛《げんしゅく》な顔でうなずく。

「そんな立派な夢を笑ったりしません。……夢を笑われる辛《つら》さは私も良く知っています。先ほどあなたが言った政治方針も、五年前はみんな笑っていましたよ。少なくともあと五十年は実現不可能だろうって」

イルはぎょっとした。五年前と言えば今のイルよりも子供だったはずだ。

「それから先ほどのあなたの言葉は完全に間違いです。政治に有利だからという理由でプロポーズできるほど、私は政治馬鹿《ばか》ではありません。ほんとうに心からあなたを好きなのです。どうか信じてください」

「う……ああ、そう。…………わかった、さっきのは撤回《てっかい》する」

面と向かって好きだと言われ、イルは気まずく視線をずらした。

その顔があるものを見つけてぱあっと輝《かがや》いた。

「あれ、キャビネット充実《じゅうじつ》してんじゃん。酒好きなの？」

「ええ。人並みに。…………飲まれますか？」

イルはにかっと笑った。

グラスにブランデーをついで渡《わた》されて、イルは香《かお》りをかいで至福の喜びと笑った。

「いいよなー陸の酒はやっぱ。うちでも人工照明で葡萄《ぶどう》作るけどさ、やっぱ風味が違うんだよね。オレは断然陸の方が好みだね」

「お褒《ほ》めにあずかり光栄です」

ひとしきり二人は無言で上質のブランデーで喉《のど》を潤《うるお》した。

「あのさ。さっきの話に戻るけど、王様もあんたも立派にやってんのに何で狙われるんだ？」

「……呪《のろ》われた王家だそうですから。ローラもとんだとばっちりをうけましたね」

「……あんま落ち込むなよ。厳選したお供の中にヤバイ奴《やつ》がいたっつーのは痛いけどさ、考えようによっちゃ、絞《しぼ》り込む助けにもなるじゃん？」

「……あなたはいつも前向きですね。ありがとう」

ないの？　理由も？」

「そっちと違って、後ろ向きになる理由ないもん。気楽なだけさ。なあ、ほんとうに心当たり

エアリオルは自分のグラスのブランデーを一口、二口飲み、口を開いた。

「五年前、私の夢は大人《おとな》たちに笑われました。二年前には笑っていた大人たちも真剣《しんけん》に検討するようになり……私と父上はその頃《ころ》からかなり積極的に命を狙われることになりました」

「十惑星連合に加入するのを反対してるってことか？」

「ひいては銀河連邦への加盟も反対なのでしょう」

「……なんで反対するんだ？　良いことずくめのはずなんだけどなあ」

エアリオルは立ち上がって執務《しつむ》机のコンピュータにディスクを入れ、何か操作してから取り出してイルに渡した。

「連邦加盟までに関しての計画書です。ここに書かれた加盟までのプロセスの中に、何か非常に都合の悪いことがあるのかもしれません。読まれますか？」

「もちろん。――これ、親父様ももってるんだよなあ」

「ええ。一年前にお渡ししました。あの、ヴィンセントという人を宮殿《きゅうでん》に招かれているのも、その関係だと聞きました」

「え、そうなの？　なんで？」

「かれの出身星ツーファは、三年前に銀河連邦に加盟したばかりの惑星ですから。かれは高い

身分官僚の子息だったのでしょう？　加盟までのノウハウを知ろうとしたのだと思います」

そういえば、ヴィンセントは最初の頃よく父親と話していたなと思い出す。今ではイルの部屋《へや》でムービーソフトを見ている方がだんぜん多くなっているが。

「これ、いつ返せばいい？」

「差し上げますよ。ただのコピーです」

イルはうなずいて、借り物のつなぎのポケットに入れた。

その時、トゥルル……と電話が鳴った。

エアリオルが出て、短く応答して切ったあと、内容をイルに伝えた。

「そちらの船はマカリゼインに到着《とうちゃく》したそうです。こちらもあと十五分ほどで着くそうです。ローラの意識は未《いま》だ回復しないそうです」

「そっか。オレもそろそろみんなのところに戻るよ。あんたとゆっくり話せて良かった」

「はい。私もそう思います。………イル、私には万が一にも望みはありませんか？」

ソファから立ち上がりかけていたイルは脱力《だつりょく》して動きを止めた。

「……蒸し返すなよ。せっかくいい気分だったのに。あのなあ、オレ、ちゃんと断っただろ。あんたに思わせぶりな態度とかとってねえだろ。いい加減あきらめろよ」

「あきらめろ、ですか。そう簡単にあきらめがつくようなら、ここまで来ません。………恋《こい》をしたことはありませんか？　あなたは」

「こっ、コイ?…………」

困ったことにイルは言葉に詰《つ》まった。

「どうやらないようですね」

「そ、そんなわけねえよ。えーとそのあれだ。アミラダ姫は美人でカッコイイし、リー・トンプソンは可憐《かれん》でひたむきでいいし」

「それは二人同時にですか。巧《うま》くいきましたか?」

「そんなのおまえに関係ないだろ」

イルは声を荒《あら》げてドアに向かった。

「待って下さい。今のは立ち入りすぎました。すみません。どうぞ、この瓶《びん》を持っていって下さい。お詫《わ》びとお近づきの印です」

エアリオルは開けたばかりのブランデーのボトルをイルに手渡した。

「あ。ありがとう………」

「あなたは葡萄の収穫《しゅうかく》を見たことがありますか? 意外に思われるかもしれませんが、最高級の畑では、いまでも手摘《てつ》みで腰《こし》をかがめながら葡萄の実を取っているのです。継母《けいぼ》となった女性の家がいくつか畑を持っていて、一度見学に行きました。強い太陽のもとに茶色の土と緑の葉がどこまでもどこまでも続くんです」

「へえ……そういうの、写真やビデオでしか見たことないや」

「一度、見に来られるといいですよ」

優しげな笑顔《えがお》をむけられたが、イルははっきりとは答えなかった。

ドアを開けて、半身出して、もう一歩がどうしても踏《ふ》み出せずに、イルはふり返った。

上目遣《うわめづか》いにエアリオルを見て、ぼそぼそとうち明ける。

「……あのさ、ごめん。さっきのうそなんだ。アミダラ姫《ひめ》もリー・トンプソンも映画のヒロインなんだ。しかも地球時代の。だから話すどころか本物に会ったこともないし……笑っていいぜ」

エアリオルは静かに頭をふった。

「いいえ。笑ったりはしませんよ。それも恋のひとつです……」

いやに生真面目《きまじめ》に、真剣に、エアリオルは言った。

＊　＊

ラウンジのスクリーンにはだんだんと近づいてくるマカリゼインが映し出されていた。

暗い海の中に光る花のような宮殿は、有無を言わせぬ美しさだ。

だがそれを見る者はまばらだった。

その中で、さらに人を避《さ》けて男二人は端《はし》のソファにすわり、会話していた。

「いやに時計を気にする。気になるかね。王子とあの子のことが」

無言で男は懐《ふところ》からブルーの紙片を取り出し、隣の男に渡した。

「ノーコメントか。……先ほどは手をわずらわせた。イレギュラーだったが、案外天の恵《めぐ》みだったかもしれない。誤作動で調査船が発進するよりはな。で、アレはあのままか？」

「処置次第で目覚める」

「記憶《きおく》は？」

「そちらは眠《ねむ》ったままだ」

「保証できるか」

いわれた男はふっと笑った。

「自分で試してみるといい」

老いた男は乾《かわ》いた笑いで答えた。

「よろしい。文献《ぶんけん》どおりだ。『主が望まぬ限り暗示はとけない』だったな」

「普通《ふつう》ならば。――――この海には魔女《まじょ》がいる」

「魔女？　ああ、あの王家の超能力《ちようのうりよく》者のことか。暗示がとかれるのか？」

「話に聞くほどの力ならば」

「ふん、怖《おそ》れることはない。すぐさま上の病院に搬送《はんそう》される」

「そう進言するのだろう？」

老人は無言でコーヒーカップに手を伸《の》ばした。
もう一人も無言のままソファから立ち上がった。
直後にラウンジのドアがひらき、男の待っていた人物を招き入れる。
だれもが思わず笑みを浮《う》かべる可憐な花だ。
ソファに残った老人は残りのコーヒーを飲み干し、可笑《おか》しそうに笑った。
「魔女に、吸血鬼《きゅうけつき》に、人魚。……やれやれ、まるでおとぎ話じゃないか」

第6章　病室

ローラ・マックリンはぼうっと手元を見ていた。

マカリゼインの病室内だ。個室のベッドの上に上半身を起こしている。

手足に幾《いく》つかすり傷をおっており、タンパク質の白い疑似皮膚《ひふ》があちこちにはられている。

包帯代わりのこれらは、本人の皮膚と癒着《ゆちゃく》して、傷が治る頃《ころ》にはすっかり目立たなくなる。

一番酷《ひど》い傷は膝下《ひざした》と額で、こちらは傷を縫合《ほうごう》した後に昔ながらの包帯が巻かれている。

これらの外傷のほかにローラの診断《しんだん》書に書かれた症状《しょうじょう》は、数ヶ所の打ち身、過度の疲労《ひろう》とそれに伴《ともな》う貧血症状だった。骨や内臓に異常はなく、そこばかりは不幸中の幸いといえた。

と、病室のドアが開き、元気な声が入ってきた。

「こんちわー」

イルだった。陽気に手をふってベッドに近づく。手にはお見舞《みまい》の花を持っている。

ローラはぼうっとイルを見て、しばらくしてようやく反応を返した。

「イル様……。この度は、大変なご迷惑《めいわく》をおかけしました」

「あー、いいって、ベッドに寝《ね》たままで。まだフラフラするんだろ」

立ち上がろうとするローラをイルはあわてて押《お》しとどめた。ベッド際の椅子《いす》にこしかけ、気《き》遣《づか》いながら話しかける。

「あのさ、報告書読んだよ。なんにも覚えてないんだって？」

「……はい。マリレクスを見るために潜水艇《せんすいてい》に乗ってからのことが……記憶にないんです。調査船が破壊《はかい》されて頭を打ったのと、死への強い恐怖《きょうふ》を感じて、その影響《えいきょう》で一時的に記憶喪失《そうしつ》になった可能性があると……こちらの医師に言われました」

ローラはとつとつと語った。顔色はやはりどこか青白い。表情も、どこかぼうっとしている。

ローラが目覚めたのは事故のあった日の夜だった。

イルが見舞っている今はその翌日の早朝だ。この時間にならなければ、部外者の見舞いが許されなかったのだ。

「うん……。そういうのって本人が忘れたがっていることだから、無理に思い出すことはないって言われたんだろ。今度のことショックだと思うけど、あんまり気にしない方がいいよ。調査船で出ていったこと、軽率だけど、こちらにも監視《かんし》体制に落ち度があったから、まあ不問って訳にはいかないけど厳重注意と罰金《ばっきん》ぐらいで収まるみたいだよ」

「はい。……それも、イル様が口添《くちぞ》えして下さったと聞きます。ありがとうございます」

「え、あれ。知ってたのか。ちぇっ、かっこわりいなあ、もう」

照れてそっぽを向くイルにローラは静かにほほえむ。

「ほんとうに申しわけありません……。保護官の方にも言いましたが、自分でも何故《なぜ》あんなことをしたのか分からないんです。思い出そうとしても、そこだけすっぽりと抜《ぬ》け落ちていて……。あるはずなのに見えないような……」

「ねえ、潜水艇でのこと、何も覚えてない？　乗り組み員の話によると、あなたはかれらのラウンジで本を読んでいたんだって。レプトン博士《はかせ》に借りたネイチャーワークスだよ」

その本は今はイルの手元にある。ラウンジに残っていたものを一通り調べた後、レプトン博士が約束だからとイルに持ってきたのだ。

ローラは乗務員用ラウンジで読書をしていた。

複数の乗務員が証言した後、海中にその姿を現すまで、ローラはだれの目にも目撃《もくげき》されていない。

その間に、何事かがあったのだとイルは確信していた。

ローラはイルの質問に答えようと必死に考えていたが、やがてあきらめたようにかぶりをふった。

「申しわけありません……。読んだのでしょうが、思い出せません……。もしやそれを読んでいて、マリレクスに過度の興味を持ち、私は調査船で近づこうとしたのでしょうか」

「それは――――」

イルはためらった。

ほんとうなら言ってやりたかった。今度の事件は彼女のせいではないと。

水難に対しての何の準備もなされていなかったことと、海竜の最初の思念波を受けても、調査船の速度も方向も変わらなかったこと。たんなる状況証拠《じょうきょうしょうこ》でしかないが、イルは自分の直感を信じた。ローラは王子に敵対するなにものかによって、気絶させられ、調査船に乗り込まされたのだ。

ひょっとすると海竜に潜水艇を襲《おそ》わせて、王子を亡き者にしようという計画だったのだろうか。だが、それでは不確定なリスクが多すぎる。海竜の攻撃《こうげき》は調査船に集中するはずだし、その間に潜水艇が逃《に》げたら海竜はわざわざそれを追いかけるようなことはしない。

（とすると、あとは……）

ローラ自身の口封《くちふう》じだ。

なにか不都合なことを知られてしまい、ローラを始末してしまおうと考えたのだ。だがあいにくローラは死ななかった。意識が戻《もど》ればその事について分かるとイルは考えていたが、またもやできすぎたことにローラは記憶を無くしていた。

昨日の夜、意識が戻り、まず最初に接見したエアリオルはそれを知ってすぐにイルに口止めした。ローラが命を狙《ねら》われたことは伏《ふ》せておいてほしいと。敵の油断を誘《さそ》うためにだ。

イルはとうぜん抗議《こうぎ》した。命が狙われていることを当人に教えないという話があるだろうか。

だがエアリオルは譲《ゆず》らなかった。

「記憶がない以上、いたずらに怯《おび》えさせるだけです。この状態でわれわれが潜水艇に敵がいると気付いたことを悟《さと》られるよりも、伏せておいて内密に調査する方がいいんです。ローラは陸の病院に運び、厳重な監視と保護の元に、記憶をよみがえらせる治療《ちりょう》をほどこします」

「地上に戻す？　危険じゃないか。記憶が戻ることを怖《おそ》れて、絶対狙われるぞ。――まさかおまえ、ローラを囮《おとり》に使おうってんじゃないだろうなっ」

ほぼ確信してイルがすごむと、エアリオルはますます顔を暗くした。

「その場合、厳重な警護で暗殺者が摑《つか》まっても、犯人は本当の敵について何ひとつ知らないでしょうね。ただの雇《やと》われ殺し屋のはずです。ですが陸は私のテリトリーです。完璧《かんぺき》な警護でローラを守れます」

言われたイルは剣呑《けんのん》な表情をつくった。

「……ちっと分かりにくいんだけど、簡潔に言うとどーなるんだ？　陸より海にいる方が危ないってえのか？」

「そうですよ」

暗い顔でエアリオルは答えた。

「イル、忘れないでください。最近の二度の事故は、あなたたち海の民の領分で起きているのです」

――海の民に、協力者がいないとは言い切れないのです。

エアリオルの言葉はイルの胸をえぐった。

海の民にエアリオルの命を狙う者などいない。こう断言することは出来なかった。エアリオルが成し遂《と》げようとしている計画は、惑星《わくせい》セブン・シー全体を巻き込むことになるのだ。反対する者にとっては海も陸もない。

「イル様？」

黙《だま》ってしまったイルを不審《ふしん》に思ってローラは話しかけた。

「ああ、ごめん。いろいろ可能性を考えてた。その本のせいかどうかは分からないけどさ、でも陸の人が海竜《かいりゅう》に興味を持ってくれたのは、海の民としてちょっと嬉《うれ》しいかな」

イルは無理に笑って見せた。海の王家の人間としても、失態をしでかしたと気落ちしているローラを慰《なぐさ》めなければならない。

「……ありがとうございます。イル様と話していて、少し、気が軽くなりました」

「ほんと？　そりゃよかった。気にせずまた海に遊びに来てよ。大歓迎《だいかんげい》だから。そんでこんどはオレが海竜のとこに案内してあげるよ。ちゃんとぴったり腕繋《うでつな》いでさ。役得じゃん」

ローラはやっと声をあげて笑った。青白い頰《ほお》にうっすら血の気がさしてくる。

「でしたら本をもう一度読んで勉強しなければいけませんね。イル様が読まれた後で、またお貸し下さい」

「うん、いいよ。レプトン博士に言っておく」

「……博士はがっかりしていらっしゃいませんでした？」

「海竜をろくに見られなかったこと？　そりゃ残念がってたけど、ローラのこともすごく心配していたよ。海竜はまた見に来ればいいって言っていたし。来月になったら海竜の子供ももう少し大きくなって親の攻撃性も多少低くなるから、その頃《ころ》にまたどうぞって昨日早速保護官たちが言ってたよ」

「それならひと安心ですね」

ローラは言った。しかしその顔にはなぜか晴れない迷いがあった。


エアリオル王子たち陸の一行はこの昼、予定を繰《く》り上げて慌《あわ》ただしく出立していった。もちろんローラも一緒《いっしょ》だ。

「おまえ、がんばれよ。出来ることがあれば、協力するから」

別れ際のイルの言葉に、居並ぶ海の民たちはプロポーズの返事にしては色気がなさすぎると首を傾《かし》げたが、言われたエアリオルは嬉しそうに微笑んだ。

「ありがとうございます。ぜひそうして下さい」

真摯《しんし》なまなざしで告げて、エアリオルはさっていった。

帰りの行程の途中《とちゅう》まで海の潜水艇が護衛していった。

万が一の海竜の攻撃を配慮《はいりょ》してのことだ。

っていった。

だが海は始終穏《おだ》やかで、無事何事もなくエアリオルたちは自分たちの住む場所へと帰っ
ローラのことは事故と発表された。エアリオルを狙う者の正体も解明されぬまま、表面上はもとどおりの、何もない生活に戻るのだろうなとイルは考えていた。

それはとても甘《あま》かった。

「イル！　喜ぶべきことじゃ！　おまえのあのお転婆《てんば》ぶりを見て、エアリオル王子はますますおまえに惚《ほ》れたといってきおったぞ！」

エアリオルの帰った晩に、海王はうきうきとイルに告げた。

わざわざ両親の元に呼び出されたイルは、それを聞かされて思わず卒倒《そっとう》しそうになった。

でもそんなことをしたら、父親に「そーかそーか、卒倒するほど嬉しいか」などと言われそうだったので、死ぬ気でこらえた。

「念のために聞くけど、なにが、どうして、何を言ってきたって？」

「エアリオル王子はな、舞踏会《ぶとうかい》でのおまえの姿が忘れられず——うむ、あれはよかった。美しかった——また海中で陸の随行員《ずいこう》を助けた崇高《すうこう》な姿にますます心を魅了《みりょう》され——まったく成人前というのに助けに行くなどとおまえは無茶《むちゃ》ばかりしよる——やはり諦められずに、話した一言一句まで心に残り、ぜひいま一度の直接の求愛をお許し下さい。つきましては半日後に陸で

催《もよお》される歓迎会にどうかご参加下さいと、言ってきたんじゃ！　どうじゃ、陸の王子はおまえにメロメロだぞう」

「あなた、いい年をした立派な殿方《とのがた》が、メロメロなどと口にしますのは恥《は》ずかしいことですわよ」

「しかしほかに言いようがなかろう？　しかもな、イル。王子のやつ、陸へ来るのは、完全に女性に変化した後でいいと言ってきおった。婚礼《こんれい》はもちろんおまえが女性になった後だ。うーむ、願ったり叶《かな》ったりじゃ」

海王はもみ手で満面の笑《え》みを浮《う》かべた。

あからさまに嫌《いや》がる顔のイルに、母親までもこういった。

「ホホホ、あちらは本気のようですよ、イル。もう諦《あきら》めなさいな。おまえにメロメロならば、おまえのどんな願いや夢でも反対せずに叶えてくれますよ。いいお話だと思うけれど」

一瞬《いっしゅん》、イルは考えてみた。

女冒険家《ぼうけんか》になって宇宙船に乗り、数々の惑星を探険する自分を。

それはそれで悪くない…………。

（うっわあああ――――っ！）

イルは頭を抱《かか》えた。

（せっ、洗脳されてる――っ。だめだだめだダメだ！　女冒険家はこのさいおいといても、あ

いつの嫁だけは嫌だ。ぜーったい嫌だ。つーかやっぱり女になるのがダメだったら、い・や・だ——！）

「断る。父上、母上。それはキッパリとお断りします。陸に行くのも無し！」

イルは断固として告げた。

海王と王妃《おうひ》は一瞬イルに目を向け、なんと聞こえない振《ふ》りをした。

「まずは半月後の陸でのパーティ用に、あちら風の衣装を仕立てる必要があるな」

「ええ。最新のスタイルにしてもらいましょうね」

「どうせなら、一緒に行く子供たちにもおそろいのデザインを着せるのはどうじゃ」

「そうですわねえ……そっくり同じではおもしろみがありませんから、コンセプトを決めて統一感を出すようにするとよいですわね」

「ね、ねえ、あのう………」

「おお、どうしたイル」

「まさか、半月後の正式なお招き、行かないなんてダダをこねるんじゃないでしょうね」

「まさかな。命の恩人に直接感謝したいという陸の民の気持ちを、踏《ふ》みにじるようなことはすまいなあ」

海王と王妃にすごみのある目で見られ、イルは何も言えなかった。

自室に戻《もど》って椅子《いす》に座り、イルはだらだらと冷や汗《あせ》をかきはじめた。

どうも本気だ。両親は本気だと直感した。

これに対抗《たいこう》するためには――――。

そうだ。家出しかない！

イルは決意した。荷物をまとめ書きおきをしたためながら、はてなと首をひねった。

（どうしてオレの両親が絡《から》むと、いきなり話がコメディになるかなあ……）

＊　＊

「だからって、いきなりあたしの所に来るとはねえ」

イルの曾祖母《そうそぼ》にあたるメイアーはくっくっと喉《のど》の奥《おく》で笑った。

「だってさあ、少しもオレの希望を聞いてくんないんだぜ。徹底《てってい》抗戦するっきゃないじゃないか」

出されたお茶を飲みながらイルは唇《くちびる》をとがらせて答えた。

「でも家出なんてねえ！　よく考えるもんだよ。きっと心配してるよ」

「おー、望むところさ。それが狙《ねら》いなんだから」

イルはふんっと鼻を鳴らした。

両親の態度に心底腹を立て、また危険も感じたイルは、家出を決行した。

といって、あてどない宇宙への旅にはまだ早すぎた。

そこで選んだのが海の偉大《いだい》なる魔女《まじょ》と呼ばれる曾祖母メイアーの元だった。

メイアーはマカリゼインからだいぶ離《はな》れた海にただ一人で住んでいた。生まれつき魔女と呼ばれるほどの超能力《ちょうのうりょく》を持つ彼女は、大勢の中で暮らすよりも一人の方が性に合っているらしい。イルたちのように水中でなくとも、ふとした瞬間に他人の心の言葉が聞こえ、煩《わずら》わしいというのだ。

またメイアーは家の周りには、特殊《とくしゅ》な指向性のある水流を流しており、メイアー自身の許可を取るか、通行証の指輪を持つ者でなければ入ってこられない。

だからこそイルはここを避難《ひなん》場所に選んだのだ。

指輪は現在世界にたった二つしか存在しない。

ひとつはイルが持っている。メイアーは生意気ではね回るボールのように元気な海王の末っ子を特別可愛《かわい》がっているのだ。

残るもうひとつも、同じくメイアーのお気に入りの孫が持っている。だがイルは、その人が乗り込んで自分を連れ戻すことは絶対にないと確信していた。

「とにかくさー、最低三日はかくまってよ！　オレ、このままじゃ、ほんとにエアリオル王子んとこへお嫁にやられちまうよ」

今までの経緯をすべて話してイルが頼《たの》むと、メイアーは仕方がないねえと承知した。

「いやったー。これで一安心だ。へへーん親父様《おやじ》めざまーみろだ」

イルはばんざーいと両手をあげた。

末のひ孫に甘《あま》いメイアーは、やれやれと肩《かた》をすくめ、とある人物へ連絡《れんらく》をとった。

第7章　救出

翌朝、イルがリビングに入るとメイアーはテレビのニュース番組を見ていた。

この一週間、テレビ放送は陸の王子一色に染まっていた。

エアリオルの生い立ちから始まって、陸の王家の風習や、下世話なところではかれの女性遍《へん》歴《れき》、いつ麻疹《はしか》にかかったか、好きな食べ物は何かなど、まるでファンクラブのようだ。

テレビがこんな調子なので、もちろん浮かれた若い娘《むすめ》や娘予備軍（成人前で、すでに明確に女性を選んでいる子供の意味だ）は文字通りファンクラブを結成し、熱烈《ねつれつ》なラブレターを送っているらしい。そういう娘たちへのインタビューを扱《あつか》う番組まであった。

そういった平和な番組のなかで、王子たち一行が昨日、予定を繰《く》り上げて慌《あわ》ただしく帰ったことをニュースは何度も流した。理由は激務による王子自身の体調不良があげられていた。

ローラの事件は徹底した報道規制がしかれ、どのニュースでも取り扱っていなかった。

「おはよー、おばばさま」

「おはよう。お寝坊さんだね」

「だってこの二、三日、まともに寝《ね》てなくってさあ」

「またゲームとかムービーソフトで夜更《よふ》かしかい？」

「違《ちが》うよー。……この二、三日はね。一昨日はエアリオルの関連の記事を徹夜《てつや》で読んで、昨日はローラのことが心配でよく眠《ねむ》れなくて、どうせならって、エアリオルからもらった書類読んだりしてたからさあ……ふぁ――あ」

イルは欠伸《あくび》の衝動《しょうどう》に逆らわず大きくのびをして口を開けた。

「やれやれ、そんなに大口をあけて。それじゃ百年の恋《こい》もさめちまうねえ」

「そんじゃあエアリオルにも見せてやったらよかったよ」

イルは同じ事をヴィンセントが言っていたなと思い出した。

今回の家出のことはヴィンセントにも言っていない。両親については少しは思い知りやがれと考えているが、かれに関しては何も言わずに出てきたことを申し訳なかったかなと思う。

「朝、電話が来たよ宮殿《きゅうでん》から」

「えっ、なんか言ってた？」

「おまえのことは何にも。ただ、明日から一週間、近くの海域に陸の船がやってくるって連絡さ。沈《しず》んだ調査船の破片を責任を持って引き上げていくそうだよ」

ローラの乗っていた調査船のことだ。

「あ……ああ、あれね……。そういえばこの家、海竜《かいりゅう》の巣のあたりに結構近いよね」

「近いよ。たまに挨拶《あいさつ》にくるよ、親子連れで」

「えっ。冗談《じょうだん》でしょ？」

「さてね、あたしは海の魔女だからねえ」

メイアーはコロコロと笑った。この人のことだからほんとうかもなあとイルは思った。

「コーヒーもらっていい？」

イルが聞くと、あとで新しいのをいれなおすんならね、と返事が来た。こういうところでは甘やかさない性質らしい。

「……まだ何もめぼしいニュースはないようだよ」

カップを持って同じリビングのテーブルに着いたイルにメイアーが言う。

「めぼしいって？」

「おまえとエアリオル王子の婚礼《こんれい》についてさ」

イルはあやうくコーヒーを吹《ふ》き出すところだった。

「そっ、そんなことでめぼしいニュースがあってたまるかっ」

「エアリオル王子も嫌《きら》われたもんだねえ。ニュースで見たけどいい顔つきしてるじゃないか」

「あー顔ね。また顔か……。大人《おとな》になるとどーして顔のことどうこういうわけ？」

母親どころか父親までもがいちいちこだわっていたことを思い出した。

メイアーはしみじみバカだねえとため息をついた。

「そりゃ遺伝子上そうなっているんだよ。美に対して人は健康ってのを連想して、よりよい子孫を残すために、頭の中で自然と美しいものをよかれとするんだよ」

「いやあの、おばばさま。そんな学校の授業みたいなこと言われても……」

世話係の侍女《じじょ》や母親が、美形だハンサムだと騒《さわ》いでいたのは、もう少し違《ちが》う意味合いのような気がした。

「おや、学校の授業は不満かい。勉強ちゃんとしてるのかい？」

やぶへびだったなあと思いつつ、コクコクとうなずいてみせた。

「ならいいさ。でもね、イル。あたしが言っているのは顔つき。面構えのほうだよ。大人しそうな顔しているけど、昨日おまえが話してくれたとおり、一筋縄《ひとすじなわ》ではいかないね」

「わかる？　だろ、そーだろ。みんな見てくれに騙《だま》されてるけどさ、こいつほんっと性格が悪い……………つーか。二面性……じゃなくて……えーと」

途中《とちゅう》でイルはトーンダウンし、ムムムと考え込んだ。

エアリオルに関して「性格が悪い」の一言でかたづけられない気がした。特に渡《わた》された銀河連邦《れんぽう》加盟までのプロセスを書いた計画書を読んだ後では。

なかでも特に感銘《かんめい》を受けたのは、エアリオルが海の生物である海竜を「連邦保護指定生物」に推薦《すいせん》するくだりのところだ。

海に暮らすイルには、悔《くや》しいけれど思いつきもしなかったことだ。

イルにとって海竜はごく身近な生物であり、生息数が減っているとは知っていても、保護の概念《がいねん》は浮かばなかったのだ。

「続きはどうしたんだい、イル」

「うん……うーん。性格が悪いんじゃなくって、あれは、う、裏表のあるヤな奴《やつ》とか？」

「……あたしに聞いてどうするんだい」

「だってさー、エアリオルの王子としての態度とか、オレ好感もってんだよ。部下のこととかちゃんと心配してるしさ。でもオレ個人に対してのあのしつこいプロポーズとか、女になる気はねえっていってるのに、いけしゃあしゃあと、あと三年あるんだから『その間に心変わりしていただければ、これ以上はない喜びです』とか言ってんの聞くとさ、最低だって思うんだよ。なんであんなに態度違うかなあ……」

「それはかれがイルに心を開いているからだよ」

第三の声が割り込んだ。

ふり向いたイルはぱっと顔を輝《かがや》かせた。

「うわあ、キース叔父《おじ》さんだ！　休暇《きゅうか》中なの？　いつこっちに来たの」

イルは大好きな叔父に走り寄った。

キースはイルの父親、海王オルレイオスの末弟にあたる。かれはイルより頭ひとつ高いだけで、陸の民とほとんど変わらない体格をしていた。

さもありなん。かれは二十歳の時に陸の男になることを選んだ海の民だった。

毎年成人の儀式《ぎしき》では数名の者が陸での暮らしを選び、この魔女の館で特別の処置をうけて海から巣立っていく。キース同様に海から巣立った王族は過去にも数名いたが、キースはその中で初めて陸を通り越《こ》して宇宙で生活することを選んだ人間だった。魔女メイアーのもう一人のお気に入りでもあり、通行証の指輪を持つ残りの一人だ。

「臨時休暇だよ。昨日おばば様から連絡をもらってね。今朝早《けさ》くに来たんだ」

「えー知らなかった。ひどいよおばばさま、教えてくれないなんて」

「あんたが他人の家に来て、グウグウ朝寝坊《あさねぼう》しているからだろ」

メイアーはぴしゃりとイルの文句を封《ふう》じた。

「だいぶ困った立場に置かれているようだねイル」

「もー困ったなんてもんじゃねえよ。親父《おやじ》様なんか本気で結婚式のドレスのデザインとか決めたそうなんだぜ。オレがあんなに何度も嫌《いや》だって言ってるのによー」

「まあ兄上がイルを娘にしておきたがっているのは知っていたけどね。結婚話を強引に進めるのはいただけないなあ……。エアリオルもなあ、ほかは忍耐《にんたい》強いくせにイルに関しては妙《みょう》に性急すぎるし」

叔父の言葉にイルは眉根《まゆね》を寄せた。

「あのさ、さっきも心開いてるとか言ってたけど、叔父さん、エアリオルと親しいの？」

キースは居住まいを正してイルを見た。

「…………ごめん、イル」

「なんで謝るのさ」

「実はかなり親しい。それでもって、イルの写真を見せていろいろ話をきかせた。――かれがイルを好きになったのは、間違いなく私のせいだ」

直後にイルはキースを殴《なぐ》った。

キースは避《よ》けきれずにソファの後ろにひっくり返った。

「うわあ、叔父さんごめん、つい。てゆーか、ひでーよ叔父さん！」

謝罪と抗議《こうぎ》をイルは同時に叫《さけ》んだ。


キースとエアリオルが会ったのはセブン・シーを巡《めぐ》る月の上でのことだ。

セブン・シーの表玄関《げんかん》として大きな宇宙ポートを抱《かか》える都市でキースは宇宙船乗りとして働き、そこへエアリオルがやってきたのだ。かれは少年時代の数年間、暗殺を避《さ》けるために家族から離《はな》れて月で暮らしたのだ。

最初は海の王家の者が宇宙船乗りになったことへ興味を持っての訪問だった。そのうち海の中の暮らしを聞くようになり、エアリオルは体験したことのない水の世界に深い憧《あこが》れを持つようになったという。

「じゃあ、海竜のこととかも、その時に知ったんだ」

「そう。ついでにおまえのこともね。今まで口止めされていたんだ。ごめん」

エアリオルは年の近いイルの話にとても興味を持ったという。元気で生意気で、自由で、生き生きと暮らすイルに、海に持つのと同様の憧憬《どうけい》を持ち、それが恋《こい》に育ったのだ。

「育ったのだって……だって、会ったことないじゃん。それなのに恋って……あーなんだよ、あいつ、アミダラ姫《ひめ》やリー・トンプソンを笑わないわけだ。同じじゃねーかよ」

ブツブツとイルは文句をたれる。

「でも、出会ったときにもエアリオルはちゃんとイルに恋をしたって言ったよ。イルに助けられた夜に、かれは興奮して私に電話をしてきた。話に聞いていた以上に素晴《すば》らしい人だったってね。やっと会うことが出来てとても嬉《うれ》しかった、そう考えるとあの船で暗殺者に狙《ねら》われたのも悪くない、だってさ。心酔《しんすい》してるだろ」

「……いや暗殺者にあったのは、オレ不運だと思うんだけど。……うーん、やっぱり狙われてたんだ……」

イルは額を押《お》さえて唸《うな》った。

これまで今ひとつピンとこなかった、なぜエアリオルがあんなに自分に執着《しゅうちゃく》をするのかの謎《なぞ》はとけた。とけたが、なんだかますます厄介《やっかい》になった。政治的な理由でも、一目《ひとめ》惚《ぼ》れとかいううわっついたものでもなく、エアリオルが自分を好きだと分かったからだ。

「イル、正直にいって、エアリオルをどう思う？」

「んー？　うーん。なんか、嫌いじゃあない。ちょっと尊敬もしてるところある」

「それじゃあ結婚については？」

「ダメ。お断り。オレ、女になるつもりない」

「……明快だね」

「友人ってならオレだって喜んでなりたいよ。けど………あいつは友人になりたがってんじゃないんだろ。だったら……もう会わないほうがいいのかもな」

「そうか。それを聞いたらエアリオルは悲しむだろうけれど、イルがそう決意したなら仕方がないか」

妙にしみじみとキースは言った。


その夜、イルはいつまでも寝付《ねつ》けなかった。

――かれがイルに心を開いているからだよ。

キースが最初に言った言葉が頭から離れなかった。

早くに母親を亡くしたこと。暗殺を避けるために家族から離れて月で暮らしたこと。夢を大人《おとな》たちに笑われたこと。月の上で、セブン・シーの海に憧れたこと……。

少年が、月の暗い窓から、一人セブン・シーを見つめている。

太陽を受けて、輝く海の惑星《わくせい》。

何を考えていたのだろうか……。

（……そうか。あいつ、寂《さび》しいのかもしれないな）

やっと訪れた眠《ねむ》りの入口でイルはそんなことを考えた。

翌日、イルは朝からキースにまとわりついて話をせがんだ。

何といっても長年の憧れの叔父なのだ。年に一度会えるか会えないかなので、ここぞとばかりに宇宙での話を聞いた。

「そうやって夢中になってかじりついてるところ、イルとエアリオルはそっくりだ」

キースは笑って言ったが、イルは用心深くその話題には乗らないことにした。

話を聞いているのは楽しくて、イルは自分が家出をしていることをすっかり忘れた。

思い出したのはこの日の昼、とうとう海王がメイアーに連絡《れんらく》をして来たときだった。

イルは「三日は匿《かくま》ってもらう約束だよ」と叫び、画面に映らない向こうの部屋の隅《すみ》に逃《に》げた。

キースもそれにつきあった。

メイアーがそれを待って電話に出ると、画面に映し出された海王はひどく憔悴《しょうすい》したようすだった。

海王はメイアーに向かって、イルが一昨日から家出中であること。心当たりの場所を捜《さが》したがどこにもいないこと。思いあまってとうとうここに連絡を取ったことを告げた。

「あらまあ、一大事じゃないか。キース坊《ぼう》やのところはどうだい？」

見事な演技でメイアーは言った。海王はとっくに弟には連絡をし、もちろんそこにもいなかったことを告白した。イルはここで隣《となり》のキースを見、キースはとぼけた顔で視線をそらした。

『——まいった。ほんとうにまいった。陸のエアリオル王子からはイル宛《あて》に毎日メッセージが届いておるんじゃ。直に話をしたいとの要望もある。いつまでもごまかしておくわけにはいかんのに……』

「ごまかさないで、言えばいいじゃないか。家出中って」

『——おばば様! 言えるはずないでしょう。イルは王子との結婚を嫌がって家出したんですから』

「おやおや、そんなことが理由なのかい。じゃあ嫌がることをさせなきゃいいだろう」

至極真《ま》っ当《とう》な意見に海王はうぐぐと言葉に詰《つ》まった。

『——し、しかしそう単純に決められることでは……』

「オルレイオス。おまえ、当人の意思を無視したままイルを嫁《よめ》にやりたいのかい? そんなの旨《うま》くいきっこないだろう。すぐに不幸になるよ。あんたまさか、それでイルが帰ってくるのを狙っているんじゃないだろうね。そりゃとんだ思い違《ちが》いだよ。あのイルが戻《もど》ってくるもんかい。キース同様、好き勝手に宇宙を飛び回るに決まっているよ」

海王は画面の中で気ぜわしくあごひげを撫《な》でた。側《はた》から見ていたイルとキースは「アー——」と声に出した。ひげを撫でるのは海王が図星をつかれて心を落ち着かせるときのクセだ。

『──エヘンオホン。とにかく、イルがそちらによりましたら伝えてください。おまえの気持ちはよく分かった。ないがしろにしないと。頼《たの》みましたぞ』

海王の威厳《いげん》をかきあつめて言うと、電話は切られた。

「叔父《おじ》さんのところにも連絡あったんだ」

リビングのソファに戻ってイルはキースに聞いた。

「うん。おばば様から連絡があって、深夜の便でこっちに来る前に、兄さんからも連絡があった。その時も心配そうだったけど、イルの気持ちが分かったとは言っていなかったから……今はそうとうこたえてるんだろうね。ずいぶんやつれてた」

「そうか。ちっとは懲《こ》りたのかな」

「ずいぶん懲りたようだよ」

メイアーは口を挟《はさ》んだ。

実はこの早朝に王妃《おうひ》からも相談があったというのだ。

「イルの気持ちを考えずに騒《さわ》いだことを反省していたよ。王妃のほうはイルがきれいなドレスを着てくれるんで、それだけで嬉しくなったって言っていたね」

「……きれーなドレス……。そんなことで……」

ひくっとイルは口元を歪《ゆが》ませた。

「まあ、本気で陸の王子の嫁にしようと考えていたわけじゃなかったようだよ。だから言っておいてやったさ。イルはおまえさんたちの着せ替《か》え人形じゃないよって。ずいぶんしゅんとしていたから、オルレイオスがああ言ってきたのも、王妃が説得したせいかもしれないね」

「どうするイル?」

キースがイルを見た。

「どうするって……」

「おまえの願いはかなっただろ。どうだい、そろそろマカリゼインに戻っちゃ。あんまり心労かけるのも何だよ、オルレイオスも年なんだから」

海王の倍の年のメイアーが口添《くちぞ》えした。イルがチラリと見たキースも、そうしなさいと頷《うなず》いている。

「うー。わかったよ。オレ、マカリゼインに戻るわ」

とうとうイルは言った。

確かに両親にこれ以上心配かけるのは良くないし、こちらの言い分が通ってもまだ家出を続けているのは、子供っぽいうえに家族の絆《きずな》にますますひびを入れてしまうと思った。

善は急げとイルはすぐさまマカリゼインへ向かった。

＊　＊

海上の風は穏《おだ》やかで暖かかった。

船の舳先《へさき》に波が当たり、チャプンチャプンと独特の揺《ゆ》らぎのある音をかもしだしている。

太陽は高く登りはじめ、まぶしい陽射《ひざ》しを届けている。

こんな陽射しの中で、釣《つ》り竿《ざお》を垂れて日長一日過ごすことも、長い人生の中で一度ぐらいは悪くないかなとヴィンセントは思った。

もっとも強い陽射しを避《さ》けてキャビンの日陰《ひかげ》のなかに隠《かく》れるようにしている身の上なので、それは夢のまた夢となりかねなかった。

ヴィンセントはこの日朝早く、海上へ出ていた。

とある男と待ち合わせをしているのだ。

約束の時間まであと三分と迫《せま》ったときに、上空から爆音《ばくおん》が近づいてきた。

大型のヘリコプターだ。

ヴィンセントの乗る船の真上に停《と》まる。

船が木の葉のようにぐらぐらと揺れる中、ヴィンセントは甲板《かんぱん》に出た。絶妙《ぜつみょう》のバランス感覚で立ち続ける。と、ヘリコプターからワイヤーが降りてきた。足をかけるフックがついている。上では上昇《じょうしょう》ウィンチに繋《つな》がっているのだろう。

ヴィンセントはざっとマントを頭上に掲《かか》げ、身体《からだ》を影《かげ》の中におおってフックに足を引っかけた。ヘリコプターの風を受けてヴィンセントのマントはうるさくはためいた。ワイヤーはゆっくりと昇《のぼ》っていく。ヘリコプターの床《ゆか》の高さまでくると、乗組員が手を貸してヴィンセントの身体を中に引き入れた。ドアが閉められ、やっと耳をつんざく爆音がやわらぐ。

「やあ。やはり陽射しは苦手かね？」

マントに隠れて昇ってきたヴィンセントを見て、待ち合わせの男は可笑《おか》しそうに笑った。レプトン博士《はかせ》だった。

「……日焼けは嫌《きら》いだ。それ以前に、暑い」

黒ずくめの服をしつこく着続けているヴィンセントは言った。

「な、なるほど。もっともじゃな。……しかしよくあっさりと出てこれた。あの元気な人魚に詮索《せんさく》されなかったか？」

「されるはずもない。イルは今、家出中だ」

「なに？」

「エアリオルの求婚《きゅうこん》に抗議《こうぎ》しての家出だ。もう三日目になる」

レプトン博士は笑っていいものか迷った。

「それは……その。大変だな。王子もずいぶん嫌われたものだ」

「今日戻らなかったら私も捜しに行くつもりだ。そういったわけで、出来るだけ今日中にすませてもらえるとありがたい」

「それは私も望むところだ」

ヴィンセントの腕時計《うでどけい》がピピッと鳴った。今が約束の時間だった。

「では向かおうか。サルベージ船はもう現地についている」

ヘリコプターは陸の調査船が沈《しず》んだ場所へ向かって進んだ。

＊　＊

イルは久しぶりに晴れやかな気持ちで海中を泳いでいた。

(ばんざーいばんざーい。お魚さんこんちはー。いよう、カメさん、あいかわらず間抜《まぬ》け顔だね〜)

側で聞く者があれば、おそるおそる額にさわって熱を確かめたくなるような浮《う》かれぶりだった。浮かれの原因はもちろん家出までした一件が解決したからだ。

エアリオル自身がプロポーズを引っ込めた訳ではないが、両親のへんなゴリ押《お》しが消えるだけでも今のイルにはありがたかった。

というわけで、気持ちよくすいすいと泳いでいたイルだが、とつぜんチリチリと思念波が肌《はだ》を刺《さ》すのを感じた。

《アブナイ……ヤツラ……アノ辺》

たどたどしい、意味合いだけが伝わる思念波は海の民ではなく、海中を泳ぐほかのほ乳類からのものだ。

なんだろうとイルはそちらに向かって泳いだ。

するとまもなくイルカの群れにあたった（地球のイルカに似ているのでそう名付けられたセブン・シーの動物だ）。

《どうした？　あぶないって何が》

思念波で話しかけると、イルカたちは一斉《いっせい》に返してきた。

《向コウ、アブナイ。船、大キイ。人魚、静ヵ。知ラセ、アブナイ》

イルカたちは興奮した口調でそう話しかけると、イルを残してまた泳ぎさっていった。

（あーあ行っちゃった。なんだ？　向こうに何があるんだ）

イルカたちの泳いで来た方向を見つめてじっと考えた。

（人魚はオレたちのことだよな。静か？　思念波つかわねえってことか……？）

と、イルはひらめいた。今日から調査船の引き上げをやるはずだった。イルカたちの言う静かな人魚とは、陸の民のダイバーたちのことだろう。確かに思念波が使えなければイルカたちと話すことは出来ない。

（そーか………。ここから結構近いよな……。大きい船ってサルベージ船かな。まだ見たことないな……見たいよな）

だが海竜《かいりゅう》の巣のある地帯だ。一瞬《いっしゅん》危険かなと思ったが、陸の民がそこで作業しているほどなのだ。何らかの対処が取られているのだろうと思った。迷いは一瞬でふっきれ、イルはイルカの群れがやってきた方角を目指して泳ぎ始めた。

しばらく泳ぎ続けると海上に巨大《きょだい》なサルベージ船が見えた。

甲板にはヘリコプターが置いてある。

（へーカッコイイ。じゃあこの下で作業してんだ——）

イルはそう見当を付けて海中に潜《もぐ》った。深く深く、下へと潜った。

陽光がだんだんと薄《うす》くなり、暗い夜のような海になっていく。

だが深く潜るにつれてはてなと思った。

（残骸《ざんがい》が落ちてたの、もうちょっと西じゃなかったかな。う～ん、波で流れるっていっても少し流れすぎじゃないのか？……海竜を避けるためにここに停泊《ていはく》したのかなあ）

考えながら泳ぐうちに、なぜだか重苦しい気分になってくる。

妙に手足が重くて進み方も遅《おそ》くなった気がした。

（なんだろう……嫌《いや》な感じがする。なんなんだこの胸騒《むなさわ》ぎは………）

一度、浮上《ふじょう》しようかと考えていたとき、

《助けて————！》

思念波の悲痛な叫《さけ》びが聞こえた。

《どこだ——》

イルは反射的に思念波を放ち、そのまま泳ぎ進んだ。

ちょうど、サルベージ船の真下にきた辺りで、イルは海中に広がる巨大なネットのようなものを見つけた。編み目は大きく、イルほどの体格ならばするりと通り抜けられてしまう。

(なんだこれ……。調査船の残骸を拾うのに役立つのか?)

イルは首をかしげた。そのときふたたび思念波が聞こえた。

《だめだ。追いつかれる――》

《どうした。どこだ!》

イルは思念波を送り返した。

その直後だ。

(ええっ――!)

目の前のネットがイルめがけて襲《おそ》いかかってきた。

ネットの中からまるで水母《くらげ》のように触手《しょくしゅ》が伸《の》びてイルの身体にからみついたのだ。

触手が肌に触《ふ》れた途《と》端《たん》、イルの身体に痛みが走った。針だ。触手から無数の針が出て刺したのだ。

(なんかヤベえ。これは――)

触手をふりほどこうとイルは身体を動かした。

ぞわりと身体中がそそけだった。心臓が悲鳴を上げた。遅《おく》れてそれが痛みなのだと分かる。

激しい痛みが身体中で起きている。

（なんだ、これ……なんで……）

イルの目の前が暗くなっていった。薄れゆく意識の中でイルは見た。

こちらに海竜が泳いでくる。小さな、まだ子供の海竜だ。その後ろには海竜を追いかける潜水艇《せんすいてい》や、水中バイクが見えた。

《だめだ……くるな……》

イルは必死に思念波を送った。

その途端、触手は再度イルの身体《からだ》を刺した。イルは身体を仰《の》け反らせ、意識を失った。


ローラは手足に白い包帯を巻いていた。

イルは不思議に思って訊いた。

「けがは頭と足だけじゃなかったっけ？」

ローラは笑って両手を振《ふ》った。包帯は端《はし》からほどけて幾筋《いくすじ》もに増えてイルにからみついてきた。振《ふ》り払《はら》おうとしてイルは驚《おどろ》いた。包帯の表面にたくさんの文字が書かれていた。

海竜の習性。海竜の能力。海竜の特徴《とくちょう》。海竜の性質。海竜の可能性。

「もう、本を読まれました？　次は私です」

ローラが言った。包帯の束はいつの間にか重い本になってイルの手の中にあった。

「読み終わったんじゃないのか、この本？」

「忘れました。だからもう一度読むんです。イル様の次に」

「分かった。次に貸すよ」

（もう読み終わったから…………）

イルは答えた。そして目を覚ました。


ゴーッと耳鳴りがしていた。

肌にチクチクと痛みを感じた。

喉《のど》が渇《かわ》いている。水が飲みたい。ここはどこなのだろうか。

頭がぼんやりして少しも考えがまとまらなかった。

そのためにチクチクとした痛みが、針で刺された痛みではなく、思念波の刺激《しげき》だと気付くまでだいぶかかった。

《……ぶ？　目が覚めた？　だいじょうぶ？》

ずっと同じ事を聞かれていた。

イルは身体を動かそうとして四苦八苦した。縛《しば》られてでもいるのかちっとも身動きがとれない。

《身体、動かないよ。毒のせいで。ぼくもだよ》
同じ思念波が答えた。
イルの思考力が急速に戻《もど》ってきた。目に映る風景が意味をなす。
暗い倉庫のようだった。右手の一方から淡《あわ》く光がさしている。目の前には頑丈《がんじょう》そうな鉄格子がある。
自分が座った姿勢なのが分かった。何かに寄りかかって座っている。その足元は濡《ぬ》れている。匂《にお》いで海水だと分かる。
イルは揺《ゆ》れを感じた。自分の錯覚《さっかく》ではなくて床《ゆか》が揺れている。まだ海の上にいるのだ。
そのほかに、背中越《ご》しに感じる温かな何か。
《なんだ、これ》
《これはぼくだよ。きみ人魚でしょ》
イルの心臓がどきんと鳴った。最後に見た風景が頭によみがえる。
《まさか……きみ……海竜？》
《そうだよ。きみが見た海竜だよ。きみと同じ罠《わな》にかかって捕《つか》まったんだ》
《けがは？》
とっさに聞くとないよと子供の海竜は答えた。背中の感覚に集中すると、イルカの皮膚《ひふ》にそっくりのゴムのような肌触《はだざわ》りをかろうじて感じた。

（すごいぞ。オレ今海竜と話してる）
イルは状況《じょうきょう》を忘れてゾクゾクした。今までも海竜に遭遇《そうぐう》して意思の疎通《そつう》を感じることはあったが、こんなにはっきりと言葉として返ってきたことはない。
（なんでだ？　こうやってくっついてるのがいいのかな？……じゃあなくて！）
《きみは子供だろ。親はどうしたの？》
《ちょうど狩《か》りに出かけてたんだ。いつも一緒《いっしょ》ってわけじゃないんだよ。ぼくが巣の中に一人でいたら、変な魚が来たんだ。二、三日前から見かける奴《やつ》で、お母さんは気にしたらダメだって言ってたんだけど、今日は一人だったし……。目とかチカチカ光ってて、身体もどんどん色が変わっていって、すごくきれいで面白《おもしろ》くてつい巣の外に出ちゃったんだ》
海の中を素速く逃《に》げる不思議な魚を追っていたら、いつの間にか巣から離《はな》れていた。怖《こわ》くなって戻ろうとしたら、喋《しゃべ》らない人魚が水中バイクに乗って追いかけてきたと海竜の子供は言った。かれらに追い込まれて、イルと同じ罠にかかり、毒針で気絶させられたのだ。きっと最初の変な魚とやらもやつらの用意した罠なのだろうとイルは思った。
《せっかく警告してくれたのにぼくも捕まっちゃった。ごめんね》
海竜は言った。あまりにやわらかく優しくてイルは泣きたくなった。
と、突然《とつぜん》、天井《てんじょう》から水が降ってきた。海水だ。シャワーのようにイルと海竜に降り注ぐ。
《うわっぷ、なんだこりゃ》

《さっきから何回も降ってるよ。ぼくの身体を乾《かわ》かさないためだよ》

海竜《かいりゅう》の説明にイルはいろいろと納得した。確かに海竜はほ乳類であるが、一生を海の中ですごす。皮膚がある程度濡れていないと弱ってしまうのだ。

（ということは——海竜をさらった奴は、ちゃんと生かしておきたいんだ）

密猟《みつりょう》なのだろうか。でもペットにするにも海竜は大きすぎる。一体何の目的だろう。

ふと、イルは目覚める間際に見たローラの夢を思い出した。

ネイチャーワークスに載《の》っていた海竜の情報を頭に呼び起こす。脇《わき》に書いてあったレプトン博士《はかせ》の走り書きまで思い出す。

（あれ。待てよ）

今まで気にもしなかったことが突然ひっかかった。

（あの時、ローラは病室で何て言っていた？）

——でしたら本をもう一度読んで勉強しなければいけませんね。イル様が読まれた後で、またお貸し下さい……。

（どうして知ってた？　オレ、あの本を自分が持ってるって言わなかった。レプトン博士がオレの前に見舞《みま》いに来て言ったのか？　それとも、事故の前にレプトン博士から直接聞いていたとか——。そんな時間、あったか？）

可能性に気付いてイルはゾクリとした。レプトン博士がイルに本を貸そうと言ったのは、ラウンジの中でのことだ。その後レプトン博士がローラに会ったとしたら、限りなく事件の時間に近いはずだ。もしも博士がローラに会っていたらなんらかの発言があったはずだ。だが実際にはそういう報告はなされていない。

(でもって、博士は海竜に執着《しゅうちゃく》していた。何がなんでも自分でも研究したいみたいだった)

この海竜拉致《らち》の事件はひょっとして――――。

「起きたのかな、イル」

静かな声がした。イルは耳を疑った。聞き慣れたそれは……。

コッコッと足音が近づいてくる。視界の端に黒い布が翻《ひるがえ》る。続いて黒いズボンにおおわれた長い足が見えた。男はイルの頭が動かないのを知っているらしく、スッと屈《かが》んだ。

揺れる黒髪《くろかみ》が見える。その顔は、いつものとおりの笑《え》みを浮《う》かべている。

「怒《おこ》った瞳《ひとみ》もいいね。まさか海竜を釣《つ》りに来て、君まで釣り上げるなんて、私には幸運の女神がついているようだよ」

「ヴィンセント。てめえ、自分が何してるか分かってんのか」

イルは言ったつもりだったが、実際はかすれた息がヒューッと出るばかりだった。

「おお、イルの目が覚めたのか」

右手の方で声がした。そちらに出入口があるのだろう。

「まだ身体は動かない。目が覚めただけだ」

「そうじゃろうな。マリレクス用の毒を身体に受けたんじゃからな」

この声にも聞き覚えがあった。レプトン博士だ。

「やあ、イル。すまなかったね、君を巻き込むつもりなどなかったんだが……。こういう事態になってしまったからには仕方がない。しばらくわれわれと同行してもらうよ。それと人類の発展のために、少し調べさせてもらうよ。なに採血と骨髄穿刺《こつずいせんし》と細胞《さいぼう》を幾《いく》つかもらうだけだ。死にはしないよ。ほんとうは生殖《せいしょく》細胞も調べたいところだったが、君はまだ性別未決定でその器官が無いようだからね」

レプトン博士は実に残念そうに言った。

「君に貸したネイチャーワークスに載っているようにマリレクスは奇跡《きせき》の生物だ。その細胞には活発な不老化遺伝子が組み込まれている。前に船の中で講義したとおり、マリレクスは死に瀕《ひん》したときにこの不老化遺伝子を積極的に活用する。この不老化遺伝子はあちこちに跳躍《ちょうやく》し、死に瀕した細胞を活発に助ける。分かるかね。かみ砕《くだ》いて言うと、大けがを負っても驚異《きょうい》的に治りが早く、老化をしてもふたたび持ち直すと言うことだ。五十年前に死体で打ち上げられたマリレクスの最長老は何歳だったと思うかね。なんと三百八十歳だよ。人類と同じく活性酸素できずつく遺伝子を持つ動物の中では驚異的な長命種だ。この素晴《すば》らしい遺伝子を取り出して研究して人類に還元《かんげん》し、私は人類を老いから救いたいのだよ」

レプトン博士は熱く語った。

「マッド・サイエンティスト」

ヴィンセントがぼそりともらした。しかし古《いにしえ》のムービーソフト特有の言い回しはレプトン博士に通じなかったようだった。

「レプトン博士、ワルター卿《きよう》への定期連絡《れんらく》はいいのか？」

ヴィンセントの言葉にレプトン博士は顔をしかめた。

「わざわざその名を口にすることはあるまい。この子を一生セブン・シーに戻さないつもりか？」

「今更《いまさら》でしょう。なにしろ海王の末っ子なんだから。返せばお互《たが》いの首があぶない」

レプトン博士はフンと鼻を鳴らし、歩きさっていった。

ヴィンセントはそれを見送ってからイルに親しげに話しかけた。

「さて、ようやく邪魔《じやま》者退散だ。いろいろと聞きたいだろうねイル。でも何事もそうであるように、ことは至って単純だよ。レプトン博士はあのとおり、自分の研究を成し遂《と》げるためにマリレクスが必要だった。かれの後援《こうえん》者のワルター卿――だれだか覚えているかい？　陸の王の弟。エアリオル王子の叔父《おじ》上さ――かれは恩師レプトン博士の話を聞くうちにマリレクスが巨《きよ》額《がく》の富をもたらすと悟《さと》った。ところがだ、次期国王のエアリオルは十惑星《わくせい》連合に加入しようとし、あまつさえ海竜を保護指定動物に登録しようとしていた。二人にとってこれは非常にまずかった。保護指定を受ければ研究用としてもおいそれと捕獲《ほかく》できなくなるばかりか、その細胞や遺伝子を使っての商品が非常に売りにくくなる。厳しい規制がかけられるからね。そこで二人はエアリオルの暗殺計画をくわだてたというわけさ」

イルはじっとヴィンセントを見た。

「ああ、私がこの単純なパズルのどこにはまるのか、知りたいかい。レプトン博士を経由してだよ。かれは不老を研究しているだろう。当然私の故郷にもやってきている。発病した私はかれによく協力したよ。面白かったからね。今回のこともそうだよ。セブン・シーに面白い生物がいるからと見に来たんだ。いいタイミングで君の父上から、銀河連邦《れんぽう》へ加盟するためのノウハウをおしえてくれと政府宛《あて》に打診《だしん》があったから、私が名乗りを上げて出てきたんだ。でもそうしたら……海には君がいた。半年間ほんとうに楽しかった。この気持ちは真実だよ。私の心は久々に喜びで一杯《いっぱい》になった。だから今回のことで君と別れることが一番心残りだった。けれど、またもや幸運が巡《めぐ》ってきた。計画を知られた君を帰すわけにはいかないから、とうぜん連れて行かないとね」

長々と話しかけるヴィンセントの言葉を、イルは半分も聞いていなかった。

頭が怒《いか》りで真《ま》っ赤《か》になった。

(こいつ、コイツこいつこいつ！　最初からオレを騙《だま》してたんだ。騙してオレの隣《となり》でへらへら笑って、でもってローラもコイツの仕業だ。こいつに暗示をかけられて記憶《きおく》を封《ふう》じられたんだ。貧血症状《しょうじょう》は暗示をかけるためのはずせない前段階だったんだ)

すべて話は繋《つな》がった。イルが目覚めたときにヴィンセントはラウンジの外にいた。きっとローラを調査船へ運んでいたのだ。

「ローラは死ぬところだったぞ！」

イルは怒鳴《どな》った。またもやひゅーっと息が抜《ぬ》けただけだった。だがヴィンセントはイルの言わんとするところを読みとった。愛の力かもしれない。

「今、ローラと言ったね。彼女には悪いことをしたよ。研究以外は底が抜けてるレプトン博士が下手《へた》を売ったんだ。ワルター卿の手紙を本に挟《はさ》んだままローラに貸したんだよ。そこでローラの口を封じる必要が生じて、あんなことになったんだ。いいや、死ぬはずないと思っていたよ。君がいたし。――で、どうだった。興奮する楽しさだったろ。まさに、映画みたいに、ヒロインの危機に外に飛び出して助けるんだ。あれは実は、君のための遊びシナリオでもあったんだよ」

「ヴィン……てめえ……っ」

心底怒りを持ち、イルは体を震《ふる》わせた。

だがどんなにすごんでも、身体《からだ》はひとつも動かず、言葉もヒューッと虚《むな》しい音を立てて喉《のど》をとおるだけだった。

「このあとどうなると思う？　君たちをコンテナーごと陸へ運ぶんだ。中身は調査船の残骸《ざんがい》と偽《いつわ》ってね。カモフラージュの残骸も幾つか集めたから、そろそろここを離《はな》れる頃だよ。それじゃあ、毒が抜けきった頃《ころ》にまたくるよ」

ヴィンセントは愛想良く手を振って出ていった。

（くそう、なんとか知らせないと……）

一人きりにされて、イルはぎりりと奥歯《おくば》を嚙《か》んだ。

悔《くや》しかった。自分には絶対にこの計画が防げないと思っているからこそ、あんなにベラベラと喋《しゃべ》っていったのだ。

（バカにしやがって……ちくしょう。考えろ。きっと何かあるはずだ）

イルはなんとか外に伝える手段はないかと、知恵《ちえ》を絞《しぼ》った。ひたすら考えた。

ふと、濡《ぬ》れている自分の身体にひらめいた。

背中の海竜《かいりゅう》の子供に勢い込んで話しかける。

《水……なあ。この水、新しい海水だろ。きっとオレたちにかけた後は排出《はいしゅつ》するよな。この水に思念波流すんだ。多少でも残っていれば、だれかが気付く！》

《思念波を残す？　やったことないよ》

《できる！　と、思う。前にオレ、おまえたちに助けてもらったことがある。こないだの嵐《あらし》の晩、なかなか仲間たちに連絡とれなくて、そうしたら大人《おとな》の海竜がいつの間にか近くに来てて、しばらく一緒《いっしょ》に泳いでくれて、そのあと突然《とつぜん》仲間の声が聞こえたんだ。あれはたぶん、海竜が

オレの思念波を増幅《ぞうふく》してくれたんだと思う。だから同じ要領で、水に強く織り込むように残せばきっと巧《うま》くいく！》

イルはきっぱりと言い切った。ここで自分が弱気になってはいけないと思った。

十分後、またもやシャワーがかけられた。イルは必死で思考波を放った。背をあずけた海竜がそれをできるかぎり強く水の中に混ぜる。

《緊急《きんきゅう》事態。海竜が誘拐《ゆうかい》された。陸の王子を狙《ねら》う暗殺集団。レプトン博士《はかせ》、ヴィンセント、ワルター卿。海王の末っ子はここ》

これらの言葉を必死に水の中に織り込んだ。十五分おきに降ってくるシャワーの度に繰《く》り返す。しまいにイルは流れていく水の中に言葉さえ見える気になった。

（だめ……なのかな……）

シャワーが何度目かも分からなくなった。たぶん十五回目を越《こ》えたあたりだ。

それでも身体を濡らす水に、イルは必死で思念波を送った。

《だいじょうぶ？　がんばって》

弱くなるイルの思念波を感じて海竜が元気づける。

（ちえ、立場が反対じゃないか……情けねー……）

胸中で苦笑した。

と、その時だ。

船が何かにドーンとぶつかった。震動《しんどう》がびりびりと伝わってきた。

（な、なんだ？）

イルが慌《あわ》てるのと同じように、倉庫の外でも乗組員たちが騒《さわ》いでいた。

「右舷《うげん》に障害物！」

「岩礁《がんしょう》か？　レーダーはどうした！」

「――違《ちが》います。あ、あれは――」

男たちの悲鳴が重なった。

船は大きく揺《ゆ》れて、甲板《かんぱん》が波をかぶった。波はそのままイルたちの倉庫まで流れ込んできた。

《海竜！》

《お母さんと仲間だ！》

イルと海竜の子供は同時に思念波を送りあった。

《見つけた――》

別の巨大な海竜の思念波が波を通して届き、イルはびりびりと肌《はだ》が震えるのを感じた。

急に周りが明るくなり視界が開けた。鉄格子の外の倉庫がきれいさっぱり吹《ふ》き飛んでいた。

（えっ……うそ――。すげえっ）

イルは目の前の光景に目が釘付《くぎづ》けになった。

船の甲板は昔のパニック映画そのものだった。

大きなサルベージ船の両端《りょうたん》に、海竜が姿を現していた。

乗組員たちはある者は腰《こし》を抜かし、あるものはただ右往左往し、諦《あきら》めのいいものはその場にしゃがみ込み、自分の神に祈《いの》りを捧《ささ》げていた。

「イル――――!」

切れ切れに自分の名が呼ばれるのを聞いた。

ヴィンセントかと思ったが声が違った。かれはどこにいるのだろうと思っていたら、後ろの海竜がくいっと身体の向きを変えてくれた。

《動けるようになったのか?》

《うん、少しね》

新しい視界のなかに目立つ黒ずくめのヴィンセントがいた。

揺れる甲板の中で陽炎《かげろう》のようにまっすぐに立ってこちらを見ていた。

イルは妙《みょう》にはっきりと唇《くちびる》が動くのを見た。

「イル――――私と………」

黒い手がさしのべられる。

だがその手を一条の光が貫通《かんつう》した。銃《じゅう》で撃《う》たれたのだ。

またイルの身体が少し動いた。これで銃を撃った方も見ることが出来た。

《ありがとう》

《どういたしまして》

イルの視界に新しく入ってきたのは、海の保護官の高速船に乗ったエアリオルとキースだった。しかも銃を撃ったのはエアリオルらしい。甲板の上に立ち今も銃をかまえてまっすぐにヴィンセントに狙いをつけている。

（うわー、どっちも揺れてる船なのに、ヴィンセントの伸《の》ばした腕《うで》にだけあてるって、どーゆー銃の腕だよそれって）

「イルに指一本でもさわることは許さない。そのまま投降してもらおう」

変な感心をイルがしている間にエアリオルはヴィンセントに通告する。

ヴィンセントは驚《おどろ》いた目でエアリオルを見ていたが、やがてニヤリと笑った。

「なかなかやるな。単なるお飾《かざ》りの王子でなくて嬉《うれ》しいよ。でなければイルを任せられない」

（な、な、何をいってんだコイツは――――！）

イルは叫《さけ》べないので胸中で怒鳴った。

エアリオルも一瞬《いっしゅん》、虚《きょ》をつかれた。

ヴィンセントはその隙《すき》を見逃《みのが》さなかった。サッときびすを返して甲板中央へ走る。そこではレプトン博士らの乗ったヘリコプターが羽を回転させて今にも飛び立つところだった。

グラッと船が揺れた。最初の海竜の攻撃《こうげき》で、浸水《しんすい》していたのだろう。

だがヴィンセントは揺れる甲板を器用に蹴《け》り、飛び立つヘリコプターから降りたワイヤーをつかんだ。

「さらばだ、セブン・シー」

ヴィンセントがそう言うのを、イルは確かに聞いた。

あっけにとられているイルに海竜が話しかけた。

《船が沈《しず》むよ。ちょっとくわえるよ》

えっと思う間もなくイルは海竜に腕をかぷっと噛まれた。しかし痛みはない。確かにくわえられているだけだ。

次のことはほとんど同時に起きた。

《波が来る！》

海竜が言い、大きな海竜が尻尾《しっぽ》の鞭《むち》で鉄格子の檻《おり》を簡単に壊《こわ》し、沈む甲板を波がさらい、イルと小さな海竜は海に投げ出され、それを見たエアリオルはためらいなく海に飛び込んだ。

イルの耳元をゴボゴボと空気の泡《あわ》が通り過ぎる。沈む身体《からだ》を海竜の子供が引っ張って上に導く。大きな海竜がすぐ脇《わき》に来て、子供を見守る。優しい思念波がイルを包む。

そして青い水を通してこちらに向かってくるエアリオルが見えた。

海竜の子供は進んでそちらにイルを押《お》し出した。

エアリオルの一杯《いっぱい》に伸ばした手がイルを摑む。抱《だ》きしめる。かれがどうしてここにいるのか皆目《かいもく》分からなかったけれど、心配をかけたのだなとイルは思った。

イルはそれをすまなく感じた——。

海面に顔を出すと、周りに船から投げ出された人間たちがたくさん泳いでいた。だが保護官の船も新たに到着《とうちゃく》しつつあり、浮《う》き輪やら救命胴衣《どうい》やらが投げ込まれていた。おまけに海竜《かいりゅう》が、まるでゲームでもしているように溺《おぼ》れている人間の首根っこをくわえて船に乗せてやっていた。思念波から察するに、やはり面白《おもしろ》がっているようだった。

イルはエアリオルに抱きかかえられたまま保護官の船へ泳ぎ、引き上げられた。引き上げられてもエアリオルはイルを離《はな》そうとしなかった。まだよく、身体の自由が利かずに、イルは仕方なく甘《あま》んじた。

「ご無事で何よりです、イル」

イルはぎくしゃくと頷《うなず》いた。動きもだめだが、話すことがちっとも出来なかった。

「キースとあなたのひいおばあ様より、家出の話を聞いてやってきたのです。そうしたら途中《とちゅう》であなたからの救助の声を知り、キースと共に駆《か》けつけました。すみません。このような事態になったのも、なにもかも私の責任です。お許しください。……あなたがそれほど、この私を嫌《きら》っているとは思わなかったのです。うぬぼれていました」

（え、いや、嫌ってはいないんだけどさ……）

エアリオルはしばし沈黙《ちんもく》した。あきらかにイルの返答を期待していた。

しかしイルは喋《しゃべ》れない。

その無言を答えと誤解したらしく、エアリオルはますます悲痛な表情になった。

「言葉をかけてもくれず、笑いかけてもいただけぬ……どうやら私は本当に嫌われたようですね……。わかりました、私のプロポーズの話はなしとしましょう」

（おお、やった、とうとう言わせたぞ！）

イルはここで喜びたかった。だがやはり身体はうまく動かなかった。

「……ちょうどいい。来月私は宇宙ポートのある月へ行きます。十惑星《わくせい》連合の結成にむけていよいよ本格的に働かねばなりません。否《いや》が応でも三年は会うことはないでしょう。それだけあれば、失恋《しつれん》の痛みも和《やわ》らぎます。三年後、あなたは女性ではなく男性を選ぶのでしょうね。……せめてその時、私を友人と思ってはいただけませんか？」

エアリオルは必死の嘆願《たんがん》をした。

「友人！　そりゃあこちらこそ望むところだ」

イルは言葉に出した。ただひゅーっと喉《のど》を風がとおりすぎるだけだった。言葉にはならない。

しかたなしにイルはまたぎこちなくうなずいた。

しかし、それはもっとエアリオルをきずつけた。渋々《しぶしぶ》イルがうなずいたと思ったのだ。

「いいんですよ、無理なさらなくても。すみませんいろいろとご迷惑をおかけして」

（いや無理じゃない。違うって）

イルは必死に目で訴《うった》えかけた。もちろんエアリオルには通じない。

（ああああっ、なんで思念波使えねえんだよコイツ！　つーか、だれか気付け。通訳しろよ！）

周りには何故《なぜ》か人がいない。人命救助で忙《いそが》しいのもあるが、どうやらエアリオルとイルに気を利かせているらしかった。

「あなたと踊《おど》ったダンスを、私は生涯《しょうがい》で一番の、至福の思い出とします」

エアリオルはイルの顔へ手を伸ばした。指先がイルの頬《ほお》にふれて、唇にすべった。

キスをされる。そう思ったイルは火事場の馬鹿《ばか》力でエアリオルの手を押し返した。

申し訳ないとちらりと思ったが、こればかりは譲《ゆず》れないけじめだった。

エアリオルは何もかもを拒否《きょひ》されたとうけとり、絶望に目を伏《ふ》せた。

それでも、最後まで礼儀《れいぎ》正しく振る舞い、イルをキースにあずけた。

その後エアリオルは保護官たちと犯罪者の処遇《しょぐう》について話をはじめた。

もうイルを見ることはなかった。

「大丈夫《だいじょうぶ》か、イル」

キースがいたわり深く聞くと、イルは自分でも分からぬうちにぽつりと涙《なみだ》をこぼした。

過度の緊張《きんちょう》により、イルはそのあとパタリと眠《ねむ》ってしまった。

だからこの後のことはすべて聞いた話だ。

ヴィンセントとレプトン博士《はかせ》の乗ったヘリコプターは、陸の地方都市の飛行場に着陸したと同時に包囲された。

武装した警官たちが投降を呼びかけると、全員あっさり応じて降りてきた。

レプトン博士をはじめとする工作員二名と操縦者だ。拍子抜《ひょうしぬ》けの光景だった。

だが、その中にヴィンセントの姿はなかった。

ヘリコプターを降りたかれらは、警官たちが身柄《みがら》確保をする前にべらべらと事件の全ぼうについて語り出した。

海竜の持つ特殊《とくしゅ》な細胞《さいぼう》が若返りの特効薬となりえ、その利権のためにエアリオル王子暗殺の計画を立てたことや、これらの黒幕に王弟ワルター・バルックボンド卿《きょう》がいることなどを何ひとつ隠《かく》さず話した。

全員、強い暗示にかかっていることが分かった。暗示下での自白は何の効力も持たないが、のちの取り調べにこれらは大いに役立った。

ワルター・バルックボンド卿はレプトン博士が逮捕《たいほ》されたと聞き、大慌《おおあわ》てで逃亡《とうぼう》の準備をしているところを逮捕された。

当人はむろん容疑を否定したが、その後レプトン博士の部屋が調べられ、書類入れの中に無造作に挟《はさ》んであった手紙の筆跡《ひっせき》を鑑定《かんてい》することにより、関与《かんよ》が証明された。尚《なお》、手紙の中の一枚はヴィンセントの暗示の解けたローラが証言したとおりのものであり、レプトン博士と潜水《せんすい》艇《てい》にバーテンダーとして乗り込んでいた男には、ローラへの殺人未遂《みすい》容疑も追加された。かれがレプトン博士にローラの居場所を教え、のちにレプトン博士から電話で示唆《しさ》され、ローラを襲《おそ》ったのだ。ローラの事件は三人の人間が代わる代わる行ったものだったのだ。

これらの大騒《おおさわ》ぎの事件の中で、海の子供たちは約束どおり陸の宮殿《きゅうでん》に招かれて手厚く持てなしを受けた。陸の民たちは可愛《かわい》らしく勇敢《ゆうかん》な海の子供たちに熱い声援《せいえん》をおくった。

だがこの行事にイルは欠席した。毒を受けた身体の疲労《ひろう》が思ったよりもひどかったためだ。

エアリオルはひどく気落ちしたが、つらい運命をうけとめ、イルに丁寧《ていねい》で心のこもった手書きのカードと義母の遺産の畑からとれたワインを送った。

それに対してイルからは、「あなたの心遣《こころづか》いを嬉《うれ》しく思います」と印刷されたカードが返されたきりだった。

ペンを持てるほど回復をしていなかったのだ。

そして事件の一月後。

回復したイルは、悩《なや》みに悩んだ末、メイアーの家を訪ねていた。

メイアーはまるでイルの訪問を分かっていたかのように出迎《でむか》えた。

「末っ子さんや。今回はちっと大変だったね。でもその分大人《おとな》になったかい？」

「……わからねー。けど……」

「うん。いいよ。前よりましな顔つきだよ。それでこのおばばに何の用事だい？　何をしてもらいたくて来たんだい？」

イルはゴクリと喉を鳴らした。

「オレは、今でもずっと、男になりたいって思ってる。エアリオルの気持ちにはこたえられない。あいつのために女にはならない。でもさ……」

（……エアリオル、ひどく寂《さび》しそうに笑ってた）

あのそら色の瞳《ひとみ》が陰《かげ》ったのを見て、イルはなぜだか悲しくなった。

「オレ……オレはさ、エアリオルが助けに来てくれて、すっげえ嬉しかったんだ。でもそのことを言えなくて、いまでも伝えられなくて……。なんかそんなのダメじゃねーか。かっこわるいって思って」

もやもやとした胸の中をイルは正直に話した。

メイアーはイルの話をじっと聞いていた。とび色の瞳を半分閉じて耳を傾《かたむ》けていた。

イルは顔を上げてとうとう決意を告げた。

「おばばさま、オレに力を貸してくれよ。オレを陸の者にしてほしいんだ。オレは陸の王子にまだお礼言ってないんだ。なのにあいつが月に行って、三年も帰ってこないんなら、オレの方で出向いていってやらなきゃなんないだろ。それで宇宙に行くなら海の民の身体《からだ》は不都合だって、前に叔父《おじ》さんが言ってた。だから、オレを陸の人間にしてくれよ！」

メイアーはイルの目をじっとのぞき込んだ。まるでイルの決意を計るかのようだった。

無限に思える時間が去った後、メイアーはうなずいた。

「では目を閉じて」

処置室の座り心地の良いソファに腰《こし》掛《か》け、イルはメイアーの声に身体全体をあずけた。

外科的手術は何もない。これが魔女《まじょ》とよばれる凄《すさ》まじい超能力《ちょうのうりょく》の持ち主メイアーのやり方なのだ。

「ゆっくりと呼吸をして、自分自身を感じてご覧。周りを光が踊っているよ」

深い海の底から聞こえるようなメイアーの声だった。

「想《おも》ってごらん。自分が空気の中をかろやかに走っているところを」

メイアーの魔法が始まった。

第8章　月の人魚

二ヶ月後、イルはとあるソファに座ってふんぞり返っていた。

月都市のエアリオルの公邸《こうてい》の応接間だ。

待つこと十分。エアリオルはふしぎそうな顔で入ってきた。イルが公邸の執事《しつじ》に、名前は言わずに昔の知人とだけ言うようにふくめたからだ。

「よー」

イルは手を挙げた。

エアリオルは一瞬《いっしゅん》目を見開き、すぐに満面の笑顔《えがお》を浮《う》かべた。

「イル！」

「ちぇ――ッ。なんですぐ分かっちまうんだよ」

「髪《かみ》が短くなって、黒くなったぐらいで、どうして私があなたを間違《まちが》えますか！」

そうだった。

イルの髪は今はばっさりと短く、そして黒くなっていた。魔女メイアーに身体構造を変化させてもらったことの副作用だった。

「でも何故ここにいるのです？」

嬉しさで頬《ほお》を赤らめながらエアリオルは聞いた。

「まあその一。オレな、まだ助けてもらった礼、ちゃんと言ってなかっただろ。海の民が、命を助けてもらったのに、礼の一つも言わない礼儀《れいぎ》知らずとか思われるんのヤダしよ」

「わざわざそのために月へいらしたのですか？」

「正確には、そのためだけじゃない。親父《おやじ》様から言い渡《わた》された。十惑星《わくせい》連合を結成に導くまで帰ってくるなって。いわば海の民の全権大使だ」

「では――それでは……」

「おまえに協力してやるよ。ああ、でも勘違《かんちが》いすんなよ」

イルは素速く手を前に出して、エアリオルの接近を拒《こば》んだ。エアリオルが両手を広げて抱《だ》きしめようとしたからだ。

「おれは成人前だから、これは仮りの姿。陸の人間と変わらずにいられるのは三年間だ。そしたらおばば様の魔法が切れて、髪はもとの色になる。その頃《ころ》にはもう一度下の海に戻《もど》って、成人の儀《ぎ》式《しき》をしなくちゃいけない。待て待て、例のことは今は言うなよ。とにかく、それまでは一緒《いっしょ》に月にいるんだ。だから考えた。嫁《よめ》にはならないけど一番の友達にならなってやってもいいぜ」

イルはずいと手を差し出した。

エアリオルはその手を見つめた。この手を取れば、友だちの立場に甘《あま》んじると宣言することになる。

息を吐《は》き、肩《かた》の力を抜《ぬ》き、エアリオルは仕方なさそうに微笑《ほほえ》んだ。

「わかりました。一番の友だちと言っていただけて嬉しいです」

エアリオルは手をさしだし、イルの手をぎゅっと握《にぎ》った。

イルは次に折り畳《たた》んだ紙片をエアリオルの鼻先に突《つ》きつけた。

「ほれ」

「なんですか？」

「開けてみ。――ヴィンセント。月の空港で、これだけメッセンジャーが持ってきた」

流麗《りゅうれい》な飾《かざ》り文字だった。


――親愛なるイル。

姿を変えても一目できみと分かったよ。

ここで会えるとは思わなかった。

嬉しい誤算に胸を躍《おど》らせている。

この先も思いがけない場所で再会をするのだろうね。

楽しみにしているよ。

夜の伯爵《はくしゃく》より。

「………なんですか、夜の伯爵って。……伯爵なのですか？」

「んーにゃ、奴《やつ》の故郷じゃ、ヴィンは公爵《こうしゃく》家。これはドラキュラにこじつけたやつ。……知らないのか？　ドラキュラって伯爵なんだよ。ムービー見ろよ、一発で分かる」

「はあ。……再会、ですか」

「まったく、なに考えてんだか」

イルは手紙に手を伸《の》ばした。

エアリオルは渡しかけてひょいと上にあげた。

つられて身体を伸ばし、よろめいたイルをエアリオルは抱きとめるふりをして、ぎゅっと抱きしめた。

「うわっ！　バカ。離《はな》せっ。何考えてんだ」

イルはじたばたと暴れた。

「実はあなたがここにいるという喜びで、少しおかしくなってるんです」

「それはいいから離せ！　さっき友だちって握手《あくしゅ》しただろっ」

「そんなに暴れられると事故が起きますよ」

「事故お？」

ようやく顔を上げたイルは「しまったー」と思った。

頭の後ろに手をまわされた。と、思う間もなくエアリオルが顔を近づけてきた。

(う、うぎゃあああああ————！)

くちびるは、確かにふれあった。


直後にイルの平手が炸裂《さくれつ》した。

「あいたた。すみません。一応公務のある身なので、顔は殴《なぐ》らないで下さい」

くっきり平手の跡《あと》のついた頰を押《お》さえてエアリオルは言った。

怒《いか》り心頭《しんとう》のイルは無言で第二打を放った。

今度はさすがにエアリオルも避《よ》けた。

「だったらこんなことすんじゃねえええっ！　この変態。バカヤロ————！」


オレは、オレは、男になるんだああああッ！

イルの雄叫《おたけ》びが、月の夜に響《ひび》いた。

隣《となり》でエアリオルは幸せそうにほほえんでいた。

世界はこの一瞬、確かに平和だった————。

あとがき

こんにちは。榎木洋子です。

初めましての方もお馴染《なじ》みの方もどうぞよろしく。

この物語はアンデルセンの人魚姫《にんぎょひめ》にちなんだ物語であることは間違《まちが》いありませんが、デンマークの人魚の銅像に泣いて詫《わ》びを入れたほうがいいのではと思うほど、ロマンからかけ離《はな》れております。強《し》いていえばラブコメの部類に入るよーな入らぬよーな。ともあれ、お読みいただけて、楽しんでいただければ何よりの喜びです。

さて、海が舞台《ぶたい》のこの話を書くにあたって、知り合いのダイバーに水中撮影《さつえい》したビデオを何本か借りました。

当たり前だけど、海の中ではアシカも海亀《うみがめ》もこの夏日本にも出現した危険なシュモク鮫《ざめ》も銀色の小魚（鰺《あじ》とか鯖《さば》っぽい）も、それから人間も、同じ海の中で一つのフレームの中で泳いでいました。

水族館のように区切られていない場所で、別々の種類の生物が全部いっしょくたに。

当然じゃん。だって海なんだもん。でも当然だけど、ビデオを見たときは心に衝撃《しょうげき》が走りました。それから立ち直ったら、衝撃を覚えた自分になおさら衝撃受けたりして。ため息。ちっさい世界で生きていたらいかんなあ……。

ちなみにシュモク鮫、人間見ても襲《おそ》わないの？　と訊《き》いたら、「この時お腹空《なかす》いてなかったのか、もしくは近くに食べ慣れた美味《おい》しそうなもん（小魚）泳いでいるから」と言われました。そ、そーか。そうだね。食べつけないもの食べたらいかんよね。

本当は、ビデオなんて見てないで、自分自身で潜《もぐ》りに行ければ一番だったのですが。ライセンスだって一応持っているのですが。しかしどうしても時間を捻出《ねんしゅつ》できず、ますますペーパーダイバーと化していく作者です。沖縄《おきなわ》の遺跡《いせき》みるためにはもっとステップアップしなくては。

この話、思ったよりSFっぽくなりました。生物学サイエンスフィクション……ぽい。でもマリレクスなんて生物は発見されてないので、レプトン博士《はかせ》のいってることはほぼうそっぱちです。生物学用語は本物使ってたり造語使ってたり。老化の研究については現在分かってることをベースにしてます。でもショウジョウバエが長生きしてもなあ。頼《たの》むからそんな遺伝子を定着させたハエは研究室から出さないでね。マウスもね。ゴールデンレトリーバーだったらちょっと嬉《うれ》しいかもしれないけどね。そしたら当然アインシュタインという名前を付けて飼おう。（元ネタはクーンツの『ウォッチャーズ』です）

本文に出てくる、テロメラーゼ、SOD酵素《こうそ》、DNAポリメラーゼ、トランスポゾン（跳躍《ちょうやく》遺伝子）これらは実際の用語です。超《ちょう》とかRとかついてるのは分かり易《やす》くでっちあげ。

てとこでしょう。この本の中では、銀河連邦《れんぽう》が出来て千余年とあるので、きっと地球西暦《せいれき》三三から三四世紀っ

その時代に「スター・ウォーズ」や「吸血鬼《きゅうけつき》ドラキュラ」の映画が残っているのか？　大丈《だいじょう》夫《ぶ》残ってます。竹取物語も源氏物語もあるんだから。きっと博物館に殿堂《でんどう》入りしたバーチャファイターも残るでしょう。私的にはFF7にも残ってほしいところ。好きだから。ヘラクレスの栄光3も残ってほしい。好きだから。ちぇっ。プレステ2に移植になったりしないかなー。スーファミなんだよねアレ。……だんだんスーファミって何って言われるようになるんだろうなあ。ああ、時が移り変わっていくよ……。……なんて書いていると、ついガンダムの台詞《せりふ》とか続けたくなってしまう作者。おたくです。

ガンダムと言えば売り出された1／12ザク。高さ一六〇センチ重さ三〇キロ。テレビで見ました。もちろん赤いのもいました！　思わず窓辺に飾《かざ》って自慢《じまん》したい！　とか思ってしまいました私。友だちに話したら、みんないい人なので「ヤメトケ」と言ってくれました。わりと真顔で……真顔で。やはり本気で買いそうに見えたのですネ……。

＊ここから本文ネタバレ気味です。

フォートナム・メイスン。レプトン。バルックボンド。紅茶会社からとりました。ドットールはカフェスタンド「ドトール」。王子の名前は文中にあるとおりです。主人公のイルは最初

から何となくイルって決まっていて、ヴィンセントは……なんとなく耽美《たんび》で退廃《たいはい》のイメージでつけました。でもず～っと、どっかで聞いたことあるなあと考えていたら……ＦＦ７のキャラでした。好きだったのに忘れるってどういうことかしら。だけど黒ずくめの奴《やつ》、あまりにヴィンセントって名前がしっくりきていたのでそのまま続行しました。

銀河連邦とか吸血鬼とか人魚とか竜《りゅう》とか、好きな雰囲気《ふんいき》これでもかと詰《つ》め込んだ物語で、書いていて非常にたのしかったです。

普段《ふだん》はコバルト文庫でもっぱらファンタジー小説を書いています。この本で初めて出会った方は、そちらもお読みいただけたら嬉しいです。

ホームページを開いています。最新ニュースはそちらでどうぞ。

http://www.ad.il24.net/~shuryu/　(間違えやすいけどＩＬ２４です)

ｉモード用はこちら。http://www.ad.il24.net/~shuryu/imode/

それではまた次にお会いするまで。

「月の人魚姫」の感想をお寄せください。
おたよりのあて先
〒102-8078　東京都千代田区富士見2-13-3
角川書店アニメ・コミック事業部ビーンズ文庫編集部気付
「榎木洋子」先生・「RAMI」先生
また、編集部へのご意見ご希望は、同じ住所で「ビーンズ文庫編集部」
までお寄せください。

月《つき》の人魚姫《にんぎょひめ》

榎木洋子《えのきようこ》

角川ビーンズ文庫　BB5-1　12162

平成13年10月1日　初版発行

発行者——角川歴彦
発行所——株式会社角川書店
東京都千代田区富士見2-13-3
電話／編集（03）3238-8506
営業（03）3238-8521
〒102-8177　振替00130-9-195208
印刷・製本所——e—Bookマニュファクチュアリング
装幀者——micro fish

ISBN4-04-445301-2 C0193 定価はカバーに明記してあります。